개구리 **철학자** 리빗이 들려주는

젊은날의 동화

개구리 철학자 리빗이 들려주는
젊은 날의 동화

초판 인쇄 | 2006년 1월 16일
초판 발행 | 2006년 1월 20일

지은이 | P.J. 포크베리
옮긴이 | 이구용
펴낸이 | 한익수
펴낸곳 | 도서출판 큰나무

등록 | 1993년 11월 30일(제5-396호)
주소 | 120-837 서울시 서대문구 충정로 3가 3-95 2층
전화 | 02)365-1845~6   팩스 | 02)365-1847
이메일 | btreepub@chollian.net
홈페이지 | www.bigtreepub.co.kr

값 8,000원
ISBN 89-7891-213-3

개구리 철학자 리빗이 들려주는

젊은날의 동화

P.J. 포크베리 │ 이구용 옮김

나는 이 책을 처음 손에 들고서, '드디어 나타났구나! 우리 청소년들에게 딱딱하고 어려운 주제에 대해서 이해하기 쉽게 전달할 수 있는 새로운 목소리가……' 라는 생각부터 들었다. 나는 책을 계속 읽어 내려가면서 『개구리 철학자 리빗이 들려주는 젊은 날의 동화』가 정말로 깊은 철학적 바탕을 지닌 책이라는 것을 또 한 번 깨닫게 되었다. 그런데 나는 또다시 감탄을 자아냈다. 누구라도 이해할 수 있도록, 복잡한 이론이 너무나도 간결하게 잘 표현되고 설명되어 있다는 이유 때문에서다. 그뿐만이 아니다. 이 책의 글 속에 나타난 논리가 하나같이 우리 청소년들이 지닌 가치관에 대한 갈등들을 너무나도 현실에 맞게 잘 적용되어 풀려가고 있으며, 그 적용 방식들이 무척이나 건전하고 건강하다는 이유에서다. "아이들은 잘 이해할 수 있어."라고 한 개구리 철학자 리빗의 말처럼.

부모, 교사, 그리고 카운슬러들은 독특하게 구성된 이 책에 등장한 철학적인 인물(?)이 들려주는, 매력적인 내용들의 주제에 대해서 가슴 툭 터놓고 더 깊이 많은 청소년들과 토론할 수 있는 기회를 즐겨 맞으리라 생각한다.

　이 책은 술, 마약, 혼전 성관계는 물론 신과 우주의 본질에 이르기까지 다양한 주제에 대해 심도 있게, 그러나 간결하게 탐색하고 있다. 모든 주제들의 내용이 하나같이 너무 무겁고, 너무 난해하고, 또 어떤 경우는 지나칠 정도로 금기시되는 주제들이라서 간결하게 설명하기가 쉽지가 않았을 텐데, 이 책은 그런 어려움들을 잘 극복하고 있다. 바로 그 비결이 이 책의 매력이 아닌가 한다.

루아나 M. 어리, MFCC
허모사 비치, 캘리포니아

추천의 글 4

1. 개구리 철학자 리빗 9

2. 하나님은 어떤 모습일까? 27

3. 마음과 영혼 39

4. 리빗 돌아오다 61

5. 섹스와 영혼   78

6. 어리석은 양   93

7. 결정, 결정   105

8. 리빗 공동체   128

개구리 철학자 리빗

 어둑어둑하고 구름이 낮게 드리워진 우중충한 날이었다. 이내 빗방울이 후드득 후드득 떨어지기 시작했다. 힐러리는 아빠가 뒤뜰에다 지어 준 놀이집인 힐하우스로 달려가, 바닥에 깔아 놓은 짙은 감색 담요 위에 앉았다. 힐하우스는 놀이집치고는 제법 큰 편이었다. 힐러리는 자주 그곳으로 가서 도서관에서 빌려온 책을 읽으며 시간을 보내곤 했다. 어떤 때는 친구들을 불러다 자기들만의 비밀스런 대화를 나누며 오붓한 시간을 보내기도 했다.

그들은 사랑과 로맨스에 대한 이야기도 나누었다. 사춘기 소녀로 자라는 동안, 그들에게 그 부분에 관련된 얘기를 들려 주는 부모는 거의 없었다. 그들은 좋아하는 남자 친구에 대한 얘기도 나누고, 싫어하는 유형의 남자아이들에 대한 얘기도 서슴치 않고 털어놓곤 했다. 학교 선생님과 학급 친구들에 대한 얘기도 나름대로들 진지하게 나누었다. 그리고 대학 진학에 대한 각자의 계획들도 서로 주고받았다.

어떤 때는 무척 진지하고, 또 어떤 때는 무척이나 바보스러울 정도로 어리석기도 했다. 그러나 주로 자신들의 고민을 털어놓으며 대화를 나누었다. 그 고민들 중 하나는 부모님과 관련된 것이었다. 이를테면 무언가를 결정해야 하는 중요한 일이 있을 때, 부모님께 상의하자니 부담스럽고, 상의한다 해도 부모님의 뜻을 따라야 할지 아니면 무시해야 할지 판단이 서지 않는다는 얘기들이다.

오늘 힐러리는 독서도 하고, 무언가를 고민도 해볼 생각으로 혼자 힐하우스로 갔다. 유리가 없는 창틀에서는 빗방울이 계속 뚝뚝 떨어졌다. 힐러리는 한쪽 구석에 웅크리고 앉아 담요를 끌어당겼다.

"정말 우울한 날이야."
힐러리는 큰 소리로 말했다.
그녀는 가끔씩 큰 소리로 혼잣말을 하는 버릇이 있었다. 왜냐 하면 그 놀이집엔 힐러리 자신 이외엔 아무도 없기 때문이었다.
"정말 우울해, 우울해, 우울해, 우울해! 정말 우울해. 아주 우울한 날이야."
힐러리는 마치 리듬에 맞춰 노래하듯, 큰 소리로 마음껏 외쳤다.

바로 그때였다. 놀이집 한쪽 구석에서 부드러우면서도 약간 귀에 거슬리는 듯한 소리가 힐러리의 귓전에 들렸다.

"더 이상 우울한 날은 아마 없을 거야."

힐러리는 몸을 바로 세우고 앉았다. 근처엔 아무 것도 없었다.

"정말 우울한 날이야."

그녀는 또다시 반복했다.

그러자 이번엔 좀더 큰 소리로 힐러리의 말에 답하는 소리가 들려왔다.

"더 이상 우울한 날은 없을 거야."

갑자기 힐러리의 가슴이 두근거렸다. 방금 전 일이 힐러리에겐 그저 놀라울 뿐이었다. 분명히 누군가가 그녀에게 무슨 말을 하고 있는 것이 분명했으나, 주위에는 아무도 없었다. 힐러리는 자리에서 벌떡 일어나서 창 쪽으로 달려가 밖을 내다보았다. 역시 아무도 없었다.

힐러리의 놀이집엔 방이라곤 단 하나밖에 없었다.
심지어 작은 벽장조차도 없었다. 누군가가 숨을 데라
곤 어디에도 없었다. 아무리 생각해 봐도 주위에 숨어
있을 데라곤 아무 데도 없었다. 그렇다면 그 소리는
어디에서 난 것일까?

"왜 그리 놀라는 거지? 난 널 해치지 않아."

놀이집 앞에 놓여 있는 녹색 접시 쪽에서 소리가 나
는 것 같았다. 힐러리는 접시가 놓여져 있는 쪽을 살
펴보려고 몸을 쭉 뺐다. 작은 청개구리 한 마리가 힐
러리를 쳐다보고 있지 않은가! 눈꺼풀이 반쯤 감긴 듯
한 개구리는 접시 한가운데 앉아 여전히 힐러리를 쳐
다보고 있었다.

순간 힐러리의 눈이 휘둥그래졌다. 귀에 거슬리게
들리던 그 이상한 소리를 낸 주인공이 다름 아닌 개구

리였단 말인가? 힐러리는 늘 호기심이 많은 편이라 남들이 불가능하다고 여기는 것이나, 코웃음 치는 일에도 남다른 관심을 보이곤 했다. 하지만 그런 힐러리에게도 방금 전의 일은 정말 상상조차 하기 힘든 상황이었다.

"나한테 말을 한 게 너였니?"
힐러리가 조심스럽게 물었다.

"물론이지."
개구리가 대답했다. 그리고 나서 이번에는 개구리가 힐러리에게 물었다.
"여기 나 말고 누가 또 있니?"

힐러리는 여전히 의심스런 눈빛으로 작은 청개구리를 쳐다보았다. 그 목소리는 분명 접시 위에서 들렸다. '정말 신기한 일도 다 있네.' 라고 힐러리는 속으로 생각했다.

"우리 엄마가 날 감시하라고 널 이곳으로 보낸 거니?"

이렇게 말하고는 한 마디 덧붙였다.

"우리 엄만 내가 뭘 하고 있나 항상 감시하려 하시거든. 내가 무슨 나쁜 짓이라도 하는가 하고 말이야."

"정말 그런가 보네?"

개구리가 물었다.

"내가 뭘?"

"정말 나쁜 짓을 하는 것 아냐?"

"글쎄……,"

힐러리가 계속해서 말을 이었다.

"하기야 난 기분 내키는 대로 하니까. 그런데 그게

어떻게 나쁜 것인지 난 잘 모르겠어. 넌 알겠니?"

"그 행동이 누군가에게 해가 된다면 나쁜 짓이겠
지."

개구리가 접시에서 폴짝 뛰어나와, 힐러리가 부엌에
서 가져다 놓은 과자 상자 위로 올라앉았다.

"다른 사람에게 해를 주지 않으면 상관 없는 일 아
닐까?"

"아니지. 너 또한 그 누군가에 해당한다고 봐야지.
안 그래?"

개구리가 머리를 치켜들며 말했다.

"그런 바보 같은 말이 어디 있어?"

힐러리가 눈살을 찌푸리며 입을 실룩거렸다.

개구리가 폴짝 뛰어오르면서 한 마디 했다.

"설령 다른 사람에게 전혀 해를 주지 않는다 하더라도, 어떤 행동이 너 자신에게 해가 된다면 그것 역시 나쁜 짓이라고 봐야지."

힐러리가 신기해하면서 개구리에게 물었다.
"무슨 근거로 그렇게 네 생각이 다 옳다고 생각하지?"

"인간들과는 달리 난 모든 걸 알고 있어. 난 이 우주의 진리와 교통하는 것을 방해하는 자아가 없으니까 말이야."

힐러리의 얼굴 표정이 일그러졌다.
"개구리야, 넌 어떻게 이 우주로부터 다양한 정보를 얻니? 저 하늘엔 모든 것을 다 아는, 크고 위대한 청개구리라도 있는 거니?"

"'개구리'는 단지 우리를 일컫는 명칭에 불과해. 내 이름은 '리빗'이라고 해. 난 '개구리'로 불리는 것보다 '리빗'으로 불러주는 것을 더 좋아해. 하늘엔 그런 위대한 청개구리는 없어. 하늘에 인간이 없는 것과 마찬가지지."

"그렇다면 그런 여러 가지 지식이나 정보는 어디서 얻는 거지?"

힐러리는 개구리가 귀찮다 여길 정도로 다그쳐 물었다.

"저 달나라에 텔레비전 방송국이라도 있단 말이니?"

개구리로서 쉬운 일은 아니었지만, 리빗의 입가에 미소가 어렸다.

"우리가 살고 있는 이 우주 삼라 만상의 모든 것들은 다 제각기 작은 입자와 파동으로 존재하고 있어. 그 모든 것들이 서로 조화를 이루며 상호 관계를 맺고 있지. 그러니까 그 모든 입자들과 파동이 서로 모여서 바로 이 우주를 형성하고 있는 거야. 그리고 그 안에 바로 우주의 지혜가 존재하고 있어. 몇몇의 문화 속에는 '신'이라 불리는 우주의 영혼이 있단다. 그리고 또 다른 문화 속에는 '대영혼', 혹은 '야훼'라는 영혼이 존재한단다. 그 호칭은 각각의 문화권에 속해 있는 사람들에 의해 각기 다르게 불린단다."

순간적으로 힐러리는 리빗에게 압도당하는 기분이었다. 그러다 보니 약간 짜증이 났다.

"이젠 일어나야 할 것 같아. 안녕, 리빗. 네가 들려준 말을 다 이해하진 못했지만, 어쨌든 나쁜 짓을 하지 않는 것에 대해서는 나도 좀 생각을 해볼게."

힐러리는 놀이집에서 나와, 떨어지는 빗줄기를 뚫고 집으로 뛰어갔다. 그 와중에도 힐러리는 자신이 실제로 개구리와 대화를 나누었다는 사실이 그저 놀라울 뿐이었다.

힐러리가 사는 집은 붉은 벽돌로 지어진 커다란 이 층집이었다. 힐러리의 방은 2층에 있었으며, 작은 꽃 무늬가 그려진 분홍색 벽지로 장식되어 있었다. 그리 고 그녀의 방엔 정원이 내려다보이는 창문이 하나 있 었다. 뿐만 아니라 힐러리의 방 한쪽엔 지금은 더 이 상 가지고 놀지 않는 장난감으로 가득 찬 커다란 분홍 색 통이 있고, 다른 것들과 잘 어울리는 자줏빛 침대 가 놓여 있었다.

계피 향내가 은은하게 풍겨 나오는 주방은 비교적 크고 온화했다. 주방 한쪽엔 참나무로 만든 둥근 식탁 과 의자 네 개가 자리하고 있었다. 그리고 식탁 중앙 엔 신선한 과일이 가득 담긴 그릇이 놓여 있었다. 힐 러리는 후닥닥 현관 문을 열고 들어가 비에 젖은 머리 칼을 훌훌 털었다. 그런 다음 키친 타월을 뜯어서 호 들갑스럽게 젖은 머리의 물기를 닦아 냈다. 그때 힐러 리의 엄마는 주방에서 당근을 씻고 있었다.

"힐, 넌 지금 어딜 갔다 오는 거니? 이렇게 우중충한 날엔 그냥 집 안에 있으면 안 되겠니?"

엄마는 머리를 말리고 있는 힐러리를 힐끗 쳐다보면서 한소리 했다.

"엄마, 이런 날이 정말 싫어요. 정말 짜증나지 않아요?"

"너 지금 뭐라고 그랬니?"

힐러리의 엄마는 시선을 돌리지도 않은 채, 하던 일을 계속하면서 물었다.

"이런 날씨가 정말 맘에 들지 않는다고 했어요. 아이, 짜증나. 무슨 날씨가 이 모양이지?"

힐러리는 식탁에 앉더니, 그 위에 놓여 있는 사과 하나를 집어들었다.

"저녁 먹기 전에 네 방을 다 치워 놓거라."
힐러리의 엄마는 당근을 북북 씻으면서 딸에게 말했다.

"엄마, 하나님은 어떻게 생기셨을까?"
힐러리가 방금 집어들었던 사과를 다시 내려놓으면서 엄마에게 물었다.

"뭐라고?"
당근 씻는 소리는 계속되었다.

"하나님은 어떻게 생기셨냐고요?"

"힐러리, 그건 아무도 모른단다."

"그러면 하나님께서 계시다는 것을 엄만 어떻게 아시죠?"

"성서에서 이르기를, 나쁜 짓을 하는 사람에겐 하나
님께서 벌을 내리신다고 하셨잖아. 하나님께서 계시
지 않는다면 어떻게 나쁜 짓을 한 사람에게 벌을 내리
시겠니. 안 그러니?"

엄마는 당근을 깨끗이 물에 헹궜다. 그리고는 그것
을 납작납작하게 썰어서 유리 그릇에 담았다.

"엄만 하나님이 왜 '남자'라고 생각하세요?"

힐러리는 질문을 계속했다.

"힐, 바보 같은 소리 이제 그만 못하겠니? 말이 되
는 소릴 해야지! 하나님께서 어떻게 생기셨는지, 그리
고 하나님의 성이 무엇인지도 알 필요 없을 것 같구
나. 여하튼 옳은 일만 하거라, 알겠니? 그렇게만 하면
벌 받는 것에 대해서 염려할 필요는 없을 거야."

"하지만 무엇이 옳고 무엇이 그른지를 제가 어떻게

판단하죠? 엄마 아빠도 항상 이것이 옳다 저것이 옳다 서로 의견이 다르잖아요."

힐러리는 난감한 표정으로 식탁에 턱을 괴었다.

"어떤 상황이 닥치면, 무엇이 옳은 행동인지를 너도 알게 될 거다."

힐러리의 엄마는 레인지 위에 있는 프라이팬에다 썰어 놓은 당근을 쏟아 부었다.

"이제 그만 네 방으로 올라가렴. 옷 갈아입고 저녁 먹을 준비를 해야지. 방도 좀 깨끗이 정리하고."

힐러리는 식탁 의자에서 일어나, 2층으로 올라갔다. 힐러리는 내일도 힐하우스로 리빗이 찾아올지가 궁금했다. 그리고 하나님이 과연 어떻게 생기셨는지에 대해, 리빗이 자기에게 말해 줄 수 있을지 무척 궁금했다. 그뿐이 아니었다. 힐러리는 그 모든 것이 혹시 꿈은 아닐까 하는 생각도 들었다.

2

하나님은 어떤 모습일까?

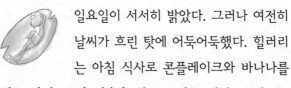 일요일이 서서히 밝았다. 그러나 여전히
날씨가 흐린 탓에 어둑어둑했다. 힐러리
는 아침 식사로 콘플레이크와 바나나를
먹고 나서, 노란 비옷을 입고 모자도 썼다. 그리고는
정원 언덕을 뛰어 내려갔다. 자신만의 은밀한 공간인
힐하우스로 가기 위해서였다.

힐러리는 황급히 힐하우스 안으로 들어갔다. 밖엔
비가 오고 있었지만, 힐하우스 안은 조금도 눅눅한
기운이 없었다. 힐러리는 비옷과 모자를 벗어 벽에
걸었다.

힐러리는 담요로 몸을 친친 감고 나서, 어제 보았던 그 녹색 접시 쪽을 흘깃 바라보았다. 리빗이 접시 한쪽에 쪼그리고 앉아, 눈을 감은 채 두 발 위에 턱을 괴고 있었다.

힐러리는 리빗이 그곳에 있다는 것만으로도 너무 반가웠다. 리빗에게 물어 볼 질문이 많았기 때문이다. 성숙해진다는 것이 그리 쉽지만은 않다는 사실을 힐러리는 요즘 들어 느끼고 있었다. 매사 행동함에 있어서 무엇이 옳고 무엇이 그른 것인지를 판별할 줄 알아야 하고, 그런 다음 뭔가 하나를 선택해서 행동하고 말해야 한다. 바로 그 점이 어렵다는 사실을 힐러리는 느끼기 시작한 것이다. 어른들은 어떤 것이 옳은 것이고, 또 어떤 것이 그른 것이라고 서로 자신의 주장을 내세운다. 그렇기 때문에 힐러리로서는 어떤 것이 과연 옳은 행동인지를 판단하기가 어려울 때가 많았다. 그래서 어른들에게 그것에 대해 물으면, "네가 어른이 되면 너도 이해하게 될 거야."라고만 말했다. 그러나 막상 어른이 돼서도 그 사실을 이해하지 못한다면 어쩌나 하는 염려도 있었다.

"리빗, 일어나 봐! 너한테 물어 볼 게 좀 있어."

리빗이 한쪽 눈을 뜨고는 힐러리를 쳐다보았다.
"알고 싶은 게 뭐지?"

"하나님이 어떻게 생기셨는지를 알고 싶어. 그리고 이렇게 우중충한 날처럼 우울한 일들이 왜 있는 것인지도 알고 싶어. 지금 날씨 좀 봐. 얼마나 불쾌한지!"
힐러리의 목소리가 한층 짜증스럽게 들렸다.

리빗이 턱을 들어 힐러리를 쳐다보았다.
"하나님은 빛이고 에너지야. 이를테면 미세한 입자와 파동처럼. 그리고 광자, 양성자, 혹은 전자와 같이 말이야."

 힐러리는 도무지 무슨 말인지 알아들을 수가 없었다.
다.
 "그렇다면 에너지란 것은 또 어떤 모양이지?"

 "그건 우리 눈으론 볼 수가 없어. 물론 빛 에너지는
제외하고 말이야. 에너지는 모든 것에 존재하지. 하지
만 그 대부분을 우리 육안으론 볼 수가 없어. 만일 보
이더라도, 아마 그것은 미세한 입자와 파동처럼 보일
거야. 난 하나님의 모습을 그린 그림을 언젠가 본 적
이 있었어. 정말 빛처럼, 그리고 미세한 입자와 파동
처럼 보였어."

 "우리 집엔 타이거라는 고양이가 있었는데……,"
 힐러리가 계속해서 말을 이어갔다.
 "그 녀석은 항상 에너지가 넘쳤었지. 그렇다면 타이

거가 죽었을 때 그 미세한 에너지 입자들은 어떻게 됐을까?"

"그 입자들은 하나님의 일부가 되었겠지."

리빗이 계속해서 대답을 이어갔다.

"일단 어떤 형체가 더 이상 존재하지 않게 되면, 그 에너지는 하나님의 일부로서 돌아가게 된단다. 우리가 눈으로 직접 볼 수 없는 형태의 모든 에너지는 하나님의 일부가 되는 거야. 그래서 우리에게 존재하는 그 미세한 입자들은 이 우주를 형성하고 있는 입자들의 일부이면서 하나님의 일부가 되는 것이지."

"그렇다면 살아 있는 모든 생명체들은 서로 교환할 수 있는 입자들을 서로 공유한다는 얘기니?"

힐러리가 리빗에게 물었다.

"바로 그거야!"

리빗이 계속해서 설명을 해나갔다.

"하나의 생명체를 이루기 위해서는 여러 에너지가 함께 모이게 되는데, 이때의 에너지는 생명을 마감한 모든 형태에서 나온 에너지가 모여서 형성된단다."

"그럼 나를 구성하고 있는 입자들이 과거 이집트나 에스키모 인들에게 있었던 에너지의 일부일 수도 있겠네?"

"물론이지. 그것은 인간에게 있어서 완전한 부분이라고 말할 수 있겠지. 완전하다는 것은 언제라도 쉽게 서로간에 무언가를 교환할 수 있다는 것을 의미하기도 해."

리빗에게 가벼운 미소가 어렸다.

"인간에게는 불완전한 부분도 있을 텐데, 그건 어떤 거지?"

　힐러리는 모든 사람들이 다 완벽하다고 생각하진 않았다. 그래서 그 에너지라는 것 이외에 뭔가 또 다른 것이 틀림없이 있을 거라는 생각이었다.

　"하나의 인간을 탄생시키기 위해서 에너지는 에너지 그 자체를 모으게 되지. 그렇게 해야 완전한 영혼을 지닌 하나의 세계가 탄생되니까. 영혼이 성장하게 되면, 인간은 인간 세계에 적응할 수 있도록 해주는 하나의 의식 세계를 서서히 발전시켜 나가지. 인간에게 존재하는 이런 부분을 '자아'라고 불러. 계속할까? 내가 하는 말이 무슨 뜻인지 이해되니?"

　"무슨 말인지 잘 모르겠어."
　힐러리의 얼굴 표정이 일그러졌다.
　"'자아'라는 것이 그러니까⋯⋯, 이를테면 우리 주위에서 어떤 일이 일어나게 될 것인가에 대해 염려하는 것과 같은⋯⋯, 뭐 그런 거니?"

"정확히 말했어!"

리빗은 자신이 한 말의 요지를 힐러리가 잘 이해하자 꽤나 흐뭇한 표정으로 말했다.

"그러니까 네 주변이 어떻게 돌아가고 있는지에 대해 늘 신경 쓰는 것과 같아. 또한 어떤 행동이 옳고, 또 어떤 행동이 그른 것인지를 판단해 내는 것 역시 '자아'의 일종이라고 할 수 있지."

리빗이 잠시 숨을 돌리느라 말을 멈췄다. 그러자 힐러리는 곧바로 다음 질문으로 넘어갔다.

"한 인간에게 존재하는 에너지가 그 '자아'에게 말을 걸 수도 있니?"

"그렇고 말고. 에너지와 자아는 서로 대화를 하게 돼 있어. 하지만 그런 경우가 빈번하게 일어나는 것 같지는 않아."

"그렇다면 어떤 행동이 옳고 그른지에 대해서, 에너지가 자아에게 어떤 말을 전달하기도 할 것 같은데?"
힐러리가 리빗에게 물었다.

"바로 말했어! 하지만 내 얘긴, 자아가 에너지의 말을 반드시 듣는 것은 아니란 말이지."

하늘에서 천둥과 번개가 치기 시작했다. 서로 우연히 친구가 된 힐러리와 리빗은 힐하우스 지붕 위로 점점 더 큰 소리를 내며 쏟아져 내리는 빗소리를 들었다. 개구리 철학자와 소녀는 전혀 생각하지도 못했던 얘기를 계속해서 주고받았다.

개구리 철학자와 소녀의 대화 내용은 무척이나 복잡했으며, 그 내용에 담긴 사고와 의견들은 평상시와는 사뭇 달랐다. 모든 역사를 통틀어 볼 때, 사람들은 신이 전하는 계명대로 살아가기 위해 꾸준히 노력해 오

고 있다. 그러다 보니 서로 다른 계명을 가진 민족끼리 서로 창칼을 들이대며 싸웠고, 많은 사람들이 피를 흘리며 죽어갔다. 그러나 이런 사실들이 그리 단순한 배경에서 나온 상황은 아닌지라, 영리해 보이는 개구리로서도 힐러리에게 그 구체적인 사실들을 설명하기가 그리 쉽지만은 않았다.

어느 새 빗소리가 제법 차분해지자, 힐하우스 역시 편안하고 안락하게 느껴졌다. 사람이 살아가면서 지켜야 할 규율이나 계명을 설명하는 데 있어 이보다 더 좋은 장소가 어디 있을까? 한 소녀와 개구리보다도 그 규율이나 계명에 대해 좀더 상세하게 탐구할 수 있는 이는 없을까?

3

마음과 영혼

 힐러리가 마침내 잠에서 깨어났다. 도대
체 얼마 동안이나 잠을 잤던 것일까? 힐
러리는 에너지와 자아에 대해서, 그리고
무엇인가를 결정하고자 할 때 어떻게 해야 하는지에
대해 리빗이 자기에게 설명해 주던 것이 갑자기 떠올
랐다.

　힐러리는 잠을 자고 있을 때, 리빗이 자기에게 다른
어떤 말을 하고 있지는 않았나 그것이 염려됐다. 힐러
리는 그러지 않았기를 바랐다. 힐러리에게 가장 필요

한 것은 자기 스스로 어떤 결정을 내리게 되는 그 과
정에 대한 조언이었다. 그녀가 정말 바라는 것은, 자
신의 결정이 늘 부모님의 의견에 뒤바뀌게 되곤 했기
때문에, 앞으로는 더 이상 그렇게 되지 않고 자기 스
스로가 무언가를 결정할 수 있는 방법을 터득하는 것
이었다.

"힐러리, 정말 넌 내 말 한 마디 한 마디를 놓치지
않고 귀담아 듣고 있구나! 그건 그렇고 잠깐이긴 했지
만, 어쨌든 잘 잤니?"

"미안해, 리빗. 하지만 네가 하는 말들은 금방 이해
하기에 쉽진 않은 것 같아. 적잖이 복잡했지만, 어쨌
든 이제 다시는 잠에 곯아떨어지지 않도록 할게. 그리
고 네가 나한테 무얼 가르쳐 주고 싶은지를 정말 알고
싶어."

"그렇게 미안해하지 않아도 돼."

리빗이 부드러운 목소리로 계속해서 말을 이어갔다.

"그럼 앞으로 내가 이따금씩 개굴개굴 소리내어 울면, 깜빡 졸거나 하는 일은 없겠는걸!"

그러자 힐러리가 깔깔거리며 웃었다.

"너무 걱정 마. 이젠 졸지 않고 정신 바짝 차리고 있을 테니까. 그런데 궁금한 것이 있는데, 그 두 단어를 좀더 쉽게 부를 수 있는 어떤 말이 없을까? '마음'이란 단어와 '영혼'이란 단어로 지칭하면 어떨까? 그러니까 '자아'란 단어를 '마음'이란 말로, 그리고 '에너지'란 단어를 '영혼'이란 말로 부르면 어떻겠냐는 말이지."

"좋아!"

고개를 끄덕이는 것으로 봐서, 리빗이 힐러리의 말에 동의하는 것 같았다.

"그렇게 칭해도 별 문젠 없어."

"그런데 하나의 어떤 정보가 내 마음으로부터, 그리고 내 영혼으로부터 언제 오는지를 어떻게 알 수 있을까? 그러니까 내가 뭔가를 하고 싶을 때, 그리고 내가 두 눈을 감고 어떤 행동이 옳은 것인지를 나 스스로 물을 경우, '그래, 그건 옳은 일이야. 해도 괜찮아.'라는 말을 듣는다고 쳐. 그런데 그 대답이 정말 내가 단지 그것을 행동하고 싶어서 '괜찮아'라고 한 것인지, 아니면 정말 옳은 일이라서 그렇게 내 스스로가 말한 것인지를 어떻게 알 수 있느냐 말이지."

"좋은 질문을 해줬군. 그건 그리 어렵지 않아. 하고자 하는 행동이 너 자신을 포함해서 다른 어떤 사람에게도 해가 되지 않는다면, 그것이 영혼으로부터 온 거란 사실을 넌 알게 될 거야. 그리고 그 행동이 누군가에게 나쁜 영향을 줄 것 같다거나, 혹은 그 행동의 결과가 어딘가 모르게 미심쩍은 구석이 있다는 느낌이 든다면 그건 마음에서 온 것이란 사실을 느끼게 될 거야. 영혼은 정말 그야말로 아주 명백한 답만을 주거든. 그 답이란 것은 바로 그 누구에게도 아무런 나쁜 영향을 미치지 않는다는 것이야. 그 차이를 이해할 수 있겠니?"

힐러리의 표정이 일그러졌다.

"글쎄……, 그렇다면 내가 하고자 하는 어떤 행동이 나에게든 아니면 다른 사람 누군가에게든 해를 주게 된다면, 그리고 내가 그 어떤 행동을 해야만 한다고 나 스스로 생각하면서, '그래, 일단 한번 해보는 거야.'라는 판단을 내렸어. 그렇다면 내가 내린 그 대답은 내 영혼으로부터가 아닌 내 마음으로부터 왔다는 것이지."

"바로 그거야. 영혼은 언제나 정확하고 올바른 방향

만을 제시해 주니까. 하지만 마음은 이따금씩 어떤 상황을 잘못 판단하게 하는 경향이 있어. 그러니까 네 자신에게 어떤 대답이 내려지면, 넌 스스로 그 대답이 올바른 것인지를 따져 보아야 해. 이를테면 그 대답으로 인해 행해지는 어떤 행동이 네 자신에겐 물론이고 다른 누군가에게 해가 되지는 않는지 말이야. 다시 말해서, 자신이 내린 대답에 네 마음 속에서 나온 그 어떤 것이 덧씌워지지는 않았는지를 다시 한 번 생각해 봐야 한다는 거지."

"하지만 내가 하고 싶어하는 그 어떤 행동이 다른 누군가에게 해가 될 것인지를 항상 어떻게 알지?"

"시간이 지나면 나중에 알게 될 거야. 그게 그렇게 금방 쉽게 터득되는 부분은 아니니까."
리빗이 계속해서 말을 이어갔다.
"네가 그런 것을 판단하고 터득할 수 있을 정도로

성장하는 동안, 그 차이점을 알아 가는 데 큰 어려움
이 없어야 할 텐데. 뿐만 아니라 네 자신이나 다른 사
람들의 행동이 어떤 결과를 가져오게 되는지를 잘 관
찰함으로써 세상 보는 눈을 키워 가야만 해.

　만약 어떤 행동이 다른 사람 누군가에게 해를 끼친
다면, 그 행동은 거의 틀림없이 너에게도 해를 끼치게
될 거야. 이를테면, 의사가 먹지 말라고 한 약을 먹었
다고 생각해 봐. 그 행동은 결국 네 몸을 상하게 하거
나, 혹은 네 목숨을 앗아갈 수도 있을 거야. 이 정도는
너도 충분히 이해할 수 있을 거야. 그러니까 이제 앞
으로는 어떤 행동을 하고자 할 때는 조용히 눈을 감고
그것이 괜찮은 것인지를 스스로에게 물어 봐. 그러면
넌 스스로 알 수 있을 거야, 네 영혼에서 나온 대답이
어떤 것이라는 것을. 하지만 만약에 네가 어떤 다른
대답을 얻었다면, 그 또한 넌 곧 알게 될 거야. 네 자
신이 이미 네 영혼이 아닌 네 마음에 더 귀를 기울이
고 있다는 사실을 말이야."

"그럼 궁금한 게 있는데, 왜 영혼에서 나온 정보가 마음에서 나온 것보다 더 나은 것이지? 내가 어느 한쪽에 더 귀를 기울이게 될 경우, 그렇게 나를 이끄는 요인은 뭘까? 그러니까 영혼에서 비롯된 답인지 아니면 마음에서 비롯된 답인지, 그 차이는 어디에 있는 거지? 그걸 어떻게 알 수 있지?"

"그래……."

리빗이 다소 흐뭇해 하는 표정을 지으며 계속해서 말을 이어갔다.

"이제 네가 문제의 핵심에 다가가고 있구나. 그러니까 이런 거야. 영혼은 순수하고 완벽해. 그것은 신의 일부이기 때문이지. 하지만 마음은 끊임없이 접하게 되는 정보와 관념이 서로 충돌하고 반목하기 때문에 언제나 혼란스러워. 영혼은 이 우주의 총체적인 모든 지혜와 닿아 있어. 결국 우주가 가지고 있는 하나하나의 지혜가 우리 인간에게 도움을 주는 정보를 전달하게 되지. 그 정보란 것은 다른 것이 아니라, 바로 우리 인간이 이 우주에서 평화롭게 조화를 이루며 살아갈 수 있도록 해 주는 역할을 한단다. 바로 그렇기 때문에 영혼은 언제나 완벽하리만큼 정확해. 그리고 영혼 그 자체가 반목하거나 충돌하는 일은 결코 없지. 서로 충돌하는 것은 인간의 마음 세계에서나 존재하는 것이지."

"그렇다면 그 마음이라는 것이 나쁘다는 것을 의미하는 거니?"

힐러리가 무척이나 당황스런 표정으로 리빗에게 물었다.

"아니, 꼭 그런 건 아냐."

리빗이 계속해서 말을 이어갔다.

"마음은 영혼과 협력해서 하나의 사물에 대해서 어떻게 듣고, 어떻게 사고해야 하는지를 깨우치는 중요한 역할을 하고 있어. 만일 모든 인간들이 이렇게만 한다면 아마 온 세상은 사랑과 평화와 행복으로 넘쳐 나게 될 거야. 그렇게 되면 전쟁과 갈등은 더 이상 존 재하지 않게 되겠지. 나아가 우리가 숨쉬는 공기도 깨 끗하고 순수하게 될 것이고, 그 어느 누구도 헐벗고 굶주리는 사람이 없게 될 거야."

리빗의 말이 계속되었다.

"그리고 사람들이 자기 자신보다는 남을 더 잘 배려 하게 될 거야. 이를테면 다른 사람의 권리를 짓밟는 종교 전쟁이나, 자기 나라의 이익만을 추구하려는 나 라도 없어질 거야. 그러니까 마음은 그 나름대로의 역 할을 가지고 있는 거야. 그 무언가를 추구하고자 하는 그런 역할 말이야. 다만 그 방향을 잡는 데는 다소 어 려움이 따르긴 하지만……."

리빗이 긴 숨을 내쉬었다.

　바로 그때, 느닷없이 밖에서 개 짖는 소리가 들려왔
다. 힐러리에겐 잠시이긴 하나 다른 생각을 할 수 있
는 구원의 순간이었다. 힐러리가 무척이나 좋아하는
동갑내기 남자 친구 에반이 찾아온 것이다. 에반은 집
에서 몰래 빠져 나와, 엄마가 자신을 찾아내기 힘들
것 같은 곳을 찾던 터였다. 그 전에 이미 에반은 힐러
리가 힐하우스로 들어가는 것을 봤었다. 그래서 그곳
으로 가서 숨으면, 그 누구도 찾기 어려울 것이라 생
각한 모양이었다. 마침 힐러리는 에반이 힐하우스로
찾아와 문을 두드리자, 문을 열어 주고 안으로 들어오
게 했다.

　힐하우스에서 힐러리와 에반이 서로 이런저런 대화
를 나누는 동안, 밖에서는 에반을 부르는 그의 엄마
목소리가 계속 들려왔다. 그러자 둘은 오히려 자기들
이 있는 그곳이 다른 사람들을 피해 숨기에 완벽한 장
소라고 말하면서 킥킥거렸다. 한편 에반이 무척이나

좋아하는 칸칸이라는 개는 힐하우스 밖에서 컹컹거리며 여전히 사납게 짖어 댔다.

　문 밖에 있는 칸칸을 조용히 입 다물게 하려는 시도는 아무런 소용이 없었다. 칸칸은 그저 자기 주인을 발견했기 때문에 그런 것이지, 주인을 밖으로 나오게 하려고 그런 것은 분명 아니었다. 에반의 엄마가 칸칸이 왜 그렇게 짖어 대고 있는지를 알아내는 데는 그리 오래 걸리지 않았다.

　"에반, 당장 거기서 나오지 못하겠니! 네가 그 안에 있는 걸 엄만 다 알고 있다. 어서 당장 나와 집으로 가자. 엄마가 여기서 계속 널 불러야겠니? 어서 그만 나오너라!"

　에반은 우물쭈물거리며 힐하우스 밖으로 걸어 나갔다. 그리고는 자신의 알 수 없는 앞으로의 운명을 염려하며 엄마를 따라 길을 내려갔다.

힐러리의 관심은 어쩔 수 없이 다시 리빗에게로 쏠렸다. 힐러리는 열세 살의 다른 소녀들에 비해 영리하고 생각이 깊었지만, 개구리가 들려 준 이야기는 하나같이 이해하기에 너무나도 복잡하고 어려웠다. 만일 하나님이 빛이고 에너지라면, 하나님은 분명 양자, 전자, 그리고 광자와 같은 여러 입자들로 이루어졌을 것이란 사실은 논리적이라고 생각했다. 그리고 아마도 자신이 모르는 그 외의 다른 몇몇 입자들로도 이루어졌을 것이라고 힐러리는 생각했다. 힐러리는 학교 과학 시간에 입자에 대해 배운 기억이 났다.

힐러리는 광자, 양자, 전자와 같은 것들보다 입자와 파장에 대한 관심이 더 끌렸다. 아마 어쩌면 입자나 파장이 그 외의 다른 것들보다 더 신처럼 보일 것 같다는 생각이 들었고, 또한 그것들이 하나의 어떤 영혼에 더 가까울 것이라고 생각했다.

힐러리는 리빗을 골똘히 바라보았다.

"하지만 우리가 어떻게 모든 사람들에게 각자의 영혼의 메시지를 들을 수 있도록 할까? 그리고 귀 기울여 들을 수 있는 영혼이 있다는 것을 또 어떻게 입증할 수 있을까?"

"영혼에 대한 증명은 신에 대한 증명에 있어. 너도 알다시피, 생명과 그리고 생명을 위해 필요한 각각의 모든 것을 유지시키기 위한 이 지구의 대기 질서엔 반드시 제때에, 그리고 매 순간마다 정확한 양의 입자들이 필요하지. 지금까지 그리고 앞으로도 끊임없이 발생하게 될 다양한 순간들은 우연이긴 하지만 꽤나 예상치 않게 나타나지. 그래서 이 세상엔 우리가 미처 깨닫지 못한 어떤 우주의 설계자가 있을 거라는 강한 의혹을 일으키는 것에 대해 적어도 충분한 증거가 있어야만 해. 중요한 것은 영혼이 이끄는 방향대로 따르는 것이 우리의 삶을 행복하게 유지시켜 준다는 사실이야!"

  힐러리가 다시 인상을 지푸렸다.

  "만약 내가 내 영혼이 전하는 메시지 대신에 내 마음이 전하는 메시지를 따른다면, 신은 내게 벌을 내릴까?"

  만일 리빗에게 깜빡거릴 눈썹이 있었다면, 분명 눈썹을 몇 번 깜빡거렸을 것이다.

  "신은 그 어느 누구에게도 벌을 내리진 않아."

  리빗은 계속해서 말을 이어갔다.

  "신은 오직 우리를 사랑하시고 후원하기만 하시지. 기억해 둬, 신의 입자들은 이 우주 만물과 더불어 우리가 어떻게 하면 조화를 이루며 평화롭게 살아가야 하는지에 대한 가르침만을 전해 준다. 부정적인 가르침은 이 우주의 균형과 조화를 뒤죽박죽으로 만들지. 그렇기 때문에 마음만 가지고 있을 때에는 부정적인 상황이 올 수가 있는 거야. 하지만 영혼의 뜻에 따르를 때에는 긍정적인 결과가 따르지."

"벌이라는 것은 마음에 의해 나오지."
리빗은 계속해서 열변을 토했다.
"너는 네 마음대로 네 자신이나 다른 그 누군가에게 벌을 내릴 거야. 너도 알다시피 만일 네가 다른 사람에게 상처를 주면, 언젠가는 어떤 형태로든 그 상처가 네게 되돌아올 거야. 그것이 바로 인과 관계라는 거야. 다시 말하자면, 네가 다른 사람에게 한대로 너에게도 똑같이 되돌아온다는 얘기야. 그렇기 때문에 신이 나서서 굳이 너에게 벌을 내릴 필요가 없다는 거야. 그러니까 너는 자신에게는 물론이고 다른 사람들에게도 함부로 대해서는 안 된다는 것이지."

"잘못한 사람들에게 벌 주는 게 내 책임일 수도 있을까? 만약에 어떤 사람이 누군가에게 해로운 행동을

하고 있다는 걸 내가 알면서도, 그것을 더 이상 못하
도록 제어하지 못한다면 나에게도 똑같은 벌이 내려
질까?"

힐러리가 걱정스런 표정을 지으며 말했다.

"네 책임은, 누군가에게 상처를 주는 그 사람에게
그것이 잘못된 행동이라는 것을 말해 주는 것이지. 하
지만 사실은 실제로 잘못을 행하는 사람에게 가장 큰
책임이 있다고 봐야지."

"휴, 그럼 안심이다!"

힐러리가 가슴을 쓸어내리며 계속해서 말을 이었다.

"하지만 내가 하는 말에 아무도 귀를 기울여 주지
않는데……."

힐러리는 스르르 눈을 감으며 등받이 쿠션으로 몸을
젖혔다. 긴장이 풀리자, 어느 새 자신도 모르게 잠이
오는 것이 분명했다. 힐러리가 다시 눈을 떴을 때는

환한 햇살이 그녀의 얼굴을 비추고 있었다.

녹색 접시 위에 있어야 할 리빗은 온데간데없이 보이질 않았다.

"리빗!"
힐러리는 큰 소리로 리빗을 불렀다.
"우중충한 날처럼 우울한 일들이 왜 있는 것인지 얘길 해줘야지!"
그러나 아무런 대답도 들려오질 않았다.

힐러리는 모자와 비옷을 주섬주섬 챙겨 입고 집으로 올라가는 경사진 길을 어슬렁어슬렁 걸어갔다. 그녀의 엄마와 아빠는 주방 식탁에 앉아서 커피를 마시고 있었다. 힐러리는 현관에서 비옷을 벗어 옷걸이에 걸면서, 엄마와 아빠가 이웃에 사는 친구들인 봅과 엘리자베스에 대해 말씀하시는 것을 우연히 들었다.

"엊저녁에 내가 우연히 본 건데, 봅이 새로 온 여비서와 함께 사무실에서 나오더군. 아주 귀엽게 생겼던걸."

아빠의 말이 계속 이어졌다.

"스타라이트 바 구석에 앉은 두 사람의 모습이 꽤나 다정스러워 보이던걸."

"내가 알기로는, 봅이 새로운 업무에 대해 논의할 게 있어서 회사에서 사장과 함께 늦게까지 회의를 했다던데요."

힐러리의 엄마는 적잖이 언짢아 하는 표정이었다.

"어떻게 그럴 수가 있지? 아무래도 엘리자베스에게 얘기를 해 줘야 할까 봐요. 이런 일은 정말 있어서는 안 된다고 봐요!"

힐러리는 주스 한 잔을 따라 와 식탁에 앉았다.

"그건 안 돼요, 엄마."

힐러리가 단호한 어조로 말했다.

"밥 아저씨가 엘리자베스 아줌마의 가슴을 아프게 했다면, 그 고통은 나중에 아저씨에게 그대로 돌아가게 될 거예요. 그러니까 엄마가 나서서 밥 아저씨에게 벌을 내릴 필요는 없어요. 굳이 하시겠다면, 그 일에 대해서 엄마의 생각을 말씀하시면서 그분의 영혼으로 하여금 옳은 일을 하도록 조언을 하면 된다고 생각해요."

힐러리의 말을 듣고 있던 두 사람은 갑자기 딸이 나타난 것에 놀랐을 뿐만 아니라, 딸이 한 말에 놀라지 않을 수가 없었다. 두 사람은 신기하고 놀라운 표정으로 힐러리를 쳐다보았다.

"너는 어디 있다가 느닷없이 나타난 거니? 그리고 도대체 어떻게 그런 말도 할 줄 알지?"

힐러리의 엄마가 물었다. 그들은 힐러리가 야무지게 내던진 현명한 말에 놀라, 두 사람 모두 눈이 휘둥그래져 있었다.

"리빗이라는 개구리가 일러 준 말이에요."

힐러리는 이렇게 간단히 말하고는 자기 방이 있는 2층으로 올라갔다. 더 생각할 것이 많았기 때문이다.

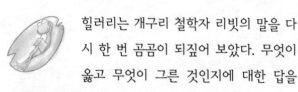

4

리빗 돌아오다

힐러리는 개구리 철학자 리빗의 말을 다시 한 번 곰곰이 되짚어 보았다. 무엇이 옳고 무엇이 그른 것인지에 대한 답을 구하기 위해서는, 영혼에 물어 봐야 한다는 것을 부모님은 왜 모르고 계실까 그것이 의아했다. 힐러리는 일전에 할아버지와 함께 교회에 갔을 때 목사님으로부터 들었던 설교 말씀이 기억났다. 젊은 사람들에게 전하는 메시지로, 혼전 순결을 지키지 않는 것은 죄를 범하는 행위이며, 만일 혼전 순결을 지키지 못했을 경우에는 하나님께서 마땅한 심판과 고통을 주실 거라고 하셨다. 힐러리는 리빗이 들려 주었던 몇 가지 말을 떠올렸다. 하나님은 누구에게도 벌을 내리지 않는다고 했다. 그리고 다른 사람에게 해를 끼치지 않는다면 나쁜 짓은 아니다라는 말도 했다. 그렇다면 교회 목사님으로부터 들은 설교 말씀은 또 무엇인가! 힐러리는 섹스란 무엇인지가 궁금했다. 그리고 섹스가 다른 사람에게 해를 주는 것인지도 궁금했다.

"잊어버리지 말고 기억해 뒀다가 리빗에게 꼭 물어봐야겠어. 영혼과 마음에 대한 가르침도 더 들어 보고 다시 생각해 봐야겠는걸. 그렇지 않고서는 뭐가 뭔지 잘 모르겠어."

힐러리는 혼자서 큰 소리로 중얼거렸다.

"어른들은 목사님께 자신의 영혼이 올바른지를 묻는다. 그리고 목사님으로부터 들은 얘기를 다른 사람들에게 자연스레 말한다. 그러니까 어른들은 자기가 올바른지 아닌지 자신의 영혼에게 직접 물을 필요성

조차 느끼지 않는다. 하지만 어떻게 그럴 수가 있을까? 사람들은 모두 저마다 처한 상황도 다르고 목사님께 던지는 질문도 모두 다를 텐데……."

힐러리는 그것을 이해해 보려고 한참 동안 골똘히 생각했다. 그러나 그 문제는 너무나도 복잡하고 어려웠다. 힐러리 생각에는 리빗이 들려 준 철학을 바탕으로 모든 것을 고려해 보았을 때, 옳고 바르게만 살아가는 사람을 한 사람도 만나 보질 못한 것 같았다. 인간은 수시로 다른 사람들에게 상처를 주며 살아간다. 그리고 대부분의 인간은 자기 자신에게도 적잖은 상처를 주며 살아간다. 그러면서도 대부분의 사람들은 그런 줄도 모르면서 살아간다.

힐러리보다 나이가 많은, 고등학교에 다니는 언니 오빠들 중에는 자동차를 가지고 있는 사람들도 있다. 그들은 맥주를 마시기도 하고, 어떤 때에는 차를 몰고 도심 곳곳을 누비며 소리를 지르기도 하고 시끄럽게

경적을 울리기도 한다. 뿐만 아니라 다른 차들을 위협
하기도 한다. 분명 그것은 자기 자신뿐만 아니라 수많
은 다른 사람들에게 해가 되는 행동이다. 분명히 그들
은 세상을 어떻게 살아가야 하는지에 대한 리빗의 가
르침을 들어 보지 못했을 것이다. 리빗의 말대로 틀림
없이 그들은 언젠가는 자신들이 다른 사람들에게 행
했던 것만큼 자신들 또한 그대로 겪게 될 것이다.

　힐러리는 순간 한숨이 나왔다. 더 자세하고 구체적
인 것을 리빗에게 정말로 묻고 싶었다. 그런데 또 비
가 내리기 시작했다. 비가 올 때는 힐하우스로 가기가
좀 귀찮기도 했다.
　힐러리는 창문 옆으로 의자를 바짝 당겨 앉아서 비
가 내리고 있는 창 밖을 내다보았다. 바로 그때 힐러
리의 시야에 하나의 녹색 점이 들어왔다. 힘없이 깜빡
거리던 그녀의 눈이 순간적으로 휘둥그래졌다. 그녀
의 작은 개구리 친구가 눈을 반쯤 뜬 채로 창틀에 앉

아 있는 것이 아닌가!

"리빗! 어떻게 된 거니? 여길 어떻게 왔어?"
힐러리는 너무나 기뻐 큰 소리로 외쳤다.

"아, 나야 내가 가고 싶은 곳은 어디든지 갈 수 있
지."
리빗이 계속해서 말을 이어갔다.
"누군가로부터 질문을 받으면 그곳으로 언제든지
가지. 사람들은 모두 인생에 대해서 궁금한 게 많잖
아. 하지만 대부분의 사람들은 그것에 대한 답을 찾을
생각을 별로 안 해. 내 생각에 사람들은 자기가 발견
하게 될 답에 대해 어떤 막연한 두려움을 가지고 있는
것 같아. 사실 사람들은 제각기 뭘 하고자 하느냐에
따라 그 답이 전부 틀린데 말야. 하지만 어쨌든 사람
들은 인생에 대한 질문이 하나도 없는 것처럼 위장하
고 세상을 살아가고 있는 것 같아."

"우리 엄마 아빠는 내가 너무 어려서 인생에 대해 아직은 이해하지 못한다고만 말씀하셔. 하지만 어쨌든 나도 이젠 무엇이 옳고 무엇이 그른지는 알 것 같아. 물론 나도 이따금씩은 금방 판단이 서지 않아 그것을 잘 모를 때도 있긴 하지만 말야. 그때마다 나는 어른들에게 핀잔을 듣지. 모르면서 아는 척한다고 말야. 하지만 어른들은 내가 잘 모르면 그것을 잘 이해하도록 설명을 해주셔야 하는데, 거의 항상 아무런 설명을 하지 않으셔. 그래서 난 정말 이따금씩 뭐가 뭔지를 잘 모르겠어. 그러다 보니 내가 하고 싶은 어떠한 것이 있을 때, 결정적으로 내가 어떻게 처신해야 할지를 모르겠어.

어른들은 언제나 똑같은 것 같아. 어떤 것에 대해 여쭤 보면 빙 돌려서 말씀하시고, 다음에 그것에 대해 또 여쭤 보면 역시나 똑같이 말씀하시고. 그러다 보면 나도 '그게 그런 건가 보구나.' 하고 미루어 짐작하게 될 뿐이지. 그러니까 나는 막연하게 어른들의 모습을

지켜보면서 그냥 인생에 대해서 배워 가게 되는 것 같
아. 어른들이 행동하는 대로 하면 옳은 것이고, 그렇
지 않으면 틀린 것이고 말야. 아, 정말 너무 복잡해!"

힐러리가 한참을 얘기하고 나서는 한숨을 내쉬었다.

"사실은 말야……."

리빗이 잠시 호흡을 가다듬고는 계속해서 말을 이어
갔다.

"진리로부터 나온 규칙은 어른이나 너희들에게나
똑같이 적용이 돼. 이를테면, 자기 자신에게 해가 되
는 행동은 어떤 것도 해서는 안 된다는 것이라던가,
혹은 다른 사람 누구에게라도 해가 되는 행동은 해서
는 안 된다는 것은 남녀 노소 구분 없이 누구에게나
적용되는 규칙이야. 그리고 우리가 살아가고 있는 이
지구를 보호해야 하는 것도 누구든 지켜야 하는 규칙
이지. 뿐만 아니라 우리가 한 시간 한 시간, 그리고 하
루하루를 살아갈 수 있다는 것에 대해서도 역시 행복

하게 생각해야 한다는 것 또한 규칙이야."

"우울한 날은 결코 없다는 네 얘기는, 그런 규칙이 있기 때문이란 말이니?"

"물론이지! 우리는 하루하루를 늘 감사하며 살아야 해. 짜증 내지 말고 웃으면서 말이야. 넌 내게 말했었지, 비가 내리는 우중충한 날은 정말 우울하다고. 하지만 이렇게 생각해 봐. 우리가 살고 있는 이 지구라는 행성에 생명을 불어넣어 주는 게 바로 비야. 그리고 우리가 늘 마시고 사는 이 공기를 깨끗하게 해주는 것도 바로 비라고."

"하지만 홍수가 나서 수많은 집들을 파괴하고 떠내려가게 하는 것 또한 비라는 것에 대해선 어떻게 생각하지? 그런 것에 대해서도 좋게 생각할 수만은 없지 않겠니?"

힐러리는 자기 말에 대해 리빗이 뭐라고 대답할지 무척 궁금했다.

"비바람과 홍수와 같은 어려운 상황은 우리에게 도전 정신을 주지. 결국 우리는 그로 인해 더욱 강해질 수가 있어. 그렇게 되면 힐러리 너도 전보다 더 행복해질 수가 있지 않을까. 바로 그와 같은 어려움을 통해서 얻게 되는 가르침은 그 어떤 돈으로도 살 수가 없는 거야. 돈으로 얻을 수 있는 행복이 있다면 그것은 일시적일 뿐이야. 그리고 그런 행복엔 진정한 가치가 없어. 행복이란 우리 앞에 놓여진 진정한 가치를 지키기 위해서 서로 돕는 데서 오는 거야. 모든 사람들에겐 저마다 소중한 가치가 있다는 가르침을 우린 알아야 해. 사람은 사물과는 달라. 그러니까 우리는 서로에게 가르침을 줄 수 있다는 것에 대해 늘 감사하게 생각해야 해."

리빗은 얼굴 가득히 미소를 머금고 있었다.

"홍수가 나서 너희 집이 부서졌는데, 그것을 행복한 경험이라고 할 수는 없지. 내 말뜻은 그런 뜻은 아니고, 이를테면 어떤 안 좋은 상황이 벌어지더라도 긍정적으로 생각하는 자세, 바로 그것만 네가 잘 가져 줬으면 하는 바람이야."

"이젠 네가 무슨 말을 하는지 잘 알아듣겠어."

힐러리가 말했다. 그리고는 또 계속해서 말을 이어 갔다.

"사람들은 원하는 물건을 사기 위해 돈을 벌잖아. 그리고 사람들은 그 과정에서 다른 사람들에게 종종 상처를 주잖아. 아이들은 어떻게 하면 더 많은 돈을 벌 수 있을까를 고민하는 엄마와 아빠의 모습을 지켜보며 자라지. 그뿐만이 아니지. 자기 돈도 아닌 돈을 거머쥐려고 상식 밖의 행동을 보이는 사람들의 모습을 텔레비전을 통해서 보기도 하지. 그러니 아이들이 영혼에 대해서 뭘 알 것이며, 인과 관계에 대해선 또 뭘 알겠어. 아이들이 그런 것을 이해한다는 것이 오히려 이상한 일이지."

"아니야, 그건 그렇지 않아. 비록 나이가 어릴지라도 그들은 이해해."

리빗이 힘주어 또박또박 말을 이어갔다.

"아이들은 아주 잘 이해해. 문제는 올바른 영혼이 무엇인지, 인과 관계의 의미가 무엇인지를 아이들에게 자세히 설명해 주는 어른들이 거의 없다는 것이지. 그건 올바른 영혼을 가지고 인과 관계의 뜻을 간직하며 살아가는 어른들이 거의 없기 때문이야. 돈이란 것을 통해 안락함을 추구하려는 것이 잘못되었다고는 할 순 없지. 하지만 나 아닌 다른 사람들보다도 먼저 돈을 우선 순위에 놓는다면, 그것은 옳지 않아. 또한 자신이 원하는 것을 얻고자 다른 사람들에게 해를 준다면 그것 역시 올바른 일이 아니야. 정말이야, 때로는 아이들이 오히려 어른들보다 더 잘 이해할 때가 있

어. 아이들은 어른들처럼 이리저리 잔머리를 굴리지
않거든."

　리빗이 몇 차례 숨을 깊이 들이마셨다.
　"자, 이제 네가 원래 궁금해하던 질문으로 넘어가
자. 혼전 순결을 지키지 않을 경우, 누가 상처를 입게
되는지에 대해 궁금해했었지?"

　"내가 궁금해하는 것 중 하나가 바로 그거라는 걸
어떻게 알았지?"
　힐러리가 자못 놀라운 표정을 지으며 말을 이었다.
　"나는 그 문제에 대해서 머릿속으로만 궁금하게 생
각했었어. 이제까지 한 번도 입 밖으로 그 말을 꺼낸
적이 없었거든!"

　"내 영혼이 네가 그것에 대해 궁금해하고 있다고 말
하던걸. 자, 그럼 이제 그것에 대한 답을 내가 들려 줄

게. 혼전 섹스는 인간에게 커다란 상처나 아픔을 가져다 주는 경우가 많아. 성적인 접촉에서 무서운 질병이 오기도 하고, 아이를 충분히 양육할 수 있는 지혜나 능력을 갖추지 못한 상황에서 아이가 태어나기도 해. 어린 나이에 혼전 섹스로 인해 뜻하지 않게 부모가 된 두 사람은 양육을 위해 오랜 시간을 저임금으로 일해야만 하는 아픔과 고통을 겪기도 해. 그로 인해서 결코 자신들이 원하는 삶을 살아가기가 어려워. 언제나 아이를 위해 일을 해야만 하니까.

절대적이라고는 할 수 없지만 혼전 섹스를 하지 않는 것이 중요하다고 보는 데는 나름대로의 이유가 있어. 인간의 삶은 나름대로의 질서 속에서 유지될 때 그 의미가 있지. 신은 우리에게 선물을 주었으니까. 그 선물이란, 신이 인간을 위해 특별히 구상한 질서 속에서 모든 인간이 한 해 한 해 살아가면서 경험과 가르침을 얻을 수 있도록 이 세상을 마련해 놓았다는 것이야.

우리가 여섯 살 때 배운 가르침은 우리가 열 살, 스무 살, 마흔 살, 그리고 예순 살 때 배우는 가르침과는 아주 다르단다. 그리고 교육 기간 동안의 경험으로부터 배우게 되는 가르침은 결혼 생활을 하면서 배우는 가르침과는 또 다르지. 그리고 결혼 초기에 얻는 가르침, 혹은 그 어린 자녀를 키우며 얻는 가르침은 더 나이가 들어 손자를 보았을 때 얻는 가르침과 또 다르고 말이야. 이제 너도 미루어 짐작해서 알 수 있을 거야. 정상적으로 자연스럽게 경험하는 것이 아니라, 잘못된 모방에서 비롯된 성적 경험을 시도할 경우, 너는 각각의 시기에서 자연스럽게 경험함으로써 배우게 되는 가르침을 모두 잃게 된다는 얘기지.

어린이들은 또래들과의 놀이에서 가르침을 얻게 되지. 그리고 자기들이 배우는 것으로부터 즐거움을 만

낀하게 되지. 10대들은 또 나름대로 학교에서 공부하면서, 그리고 친구들과의 관계나 우정을 통해서 많은 것을 배우게 돼. 그러는 사이 10대의 청소년들은 하루하루 즐겁게 가르침을 얻게 되지. 그리고 갓 결혼한 신혼 부부들은 부부간의 성적 경험과 아이의 임신을 통해서 가르침을 얻게 되고, 그러한 삶을 통해 자신들의 경험을 쌓아가게 되는 거야.

또한 중년의 사람들은 자기들보다 젊은 사람들이나 힘들게 살아가는 사람들을 도우며, 그 과정에서 접하게 되는 다양한 기회를 통해서 또 나름대로 많은 것을 배우게 되지. 그러니까 그들은 그렇게 그들 나름대로 하루하루를 기쁘게 살아가게 되는 거야. 그리고 그들보다도 더 나이가 많은 50대 이상의 사람들은 또 각자 열심히 세상을 살아가는 그 누군가를 위해 자신들이 가지고 있는 삶의 지혜를 나누며 살아가지.

이런 말이 있지, '모든 것엔 다 때가 있다'고. 내 생각에도 이 말은 꼭 맞는 말인 것 같아. 특히 우리가 세상을 살아가는 데 있어서는 말야. 그 어느 누구도 그 정해진 때를 뛰어넘을 수는 없거든. 어떻게 씨 뿌리는 봄을 뛰어넘어 꽃 피고 열매 맺는 여름과 가을을 맞을 수 있겠어. 그런데 안타깝게도 이런 기본적이면서도 중요한 가르침들을 우리는 너무 잊고 사는 것 같아. 그러다 보니 그때 그때 만끽할 수 있는 너무 많은 기쁨과 즐거움을 잃고 사는 것 같아."

　리빗이 말을 멈추고 힐러리를 바라보았다. 어느 새 힐러리는 스르르 잠에 빠져들어 있었다.

5

섹스와 영혼

월요일의 아침이 밝아왔다. 화창한 날이었다. 힐러리에겐 또다시 등교해야 하는 날이었다. 힐러리는 주말에 경험했던 많은 일들을 가장 친한 친구인 벤에게 들려 줄 생각이었다. 벤은 1학년 때부터 힐러리의 가장 친한 친구였다. 1학년 때의 일이었다. 벤은 운동장 한복판에 서서 힐러리를 기다리고 있었다. 그때 힐러리는 벤에게로 걸어가고 있었다. 바로 그때 그들보다 나이가 많은 두 명의 여자 선배들이 힐러리의 짧은 머리 스타일을 보고 깔깔대며 웃어 댔다.

　사실 힐러리의 엄마는 손질하기 쉬우라고 딸의 머리를 짧게 잘라 주었었다. 당시 힐러리의 엄마는 직장에서 일을 하고 있었기 때문에 가능하면 모든 것을 집에서 해결하기를 원했다. 그래서 집에서 손수 힐러리의 머리를 짧게 잘라 준 것이다.

　"야, 아주 귀엽게 생긴 소년인걸!"
　두 명의 여자 선배들이 놀려 댔다.
　"여자 이름을 가진 아주 깜찍하고 귀여운 소년이야!"

　이때 벤이 재빨리 힐러리 옆으로 다가와서 한쪽 팔로 그녀의 어깨를 감싸안으며 말했다.
　"얘는 내 친구예요. 엄마가 이렇게 깜찍하게 머리카락을 잘라 줬다고 하네요. 사실 머리 스타일을 이렇게 해보라고 권한 건 바로 저거든요. 이런 스타일을 내가 좋아해서……."

깔깔대며 힐러리를 놀리던 두 여학생이 벤의 자연스런 행동과 말을 듣더니 아무 말 없이 돌아서서 가던 발걸음을 옮겼다. 그 두 여학생이 아니었다면, 힐러리와 벤은 가까운 친구가 되지 못했을 것이다. 사실 그날 이후로 두 사람은 뗄 수 없을 정도로 친한 친구 사이가 되었다. 힐러리와 벤은 함께 산책도 하고 운동도 함께 했다. 그리고 공부도 함께 했다. 여름에는 같이 낚시도 갔다. 물론 가끔씩 서로 티격태격 싸우기도 하지만…….

힐러리는 벤이 마음에 들었다. 언제나 늘 친절하게 대해 주고, 어떤 식으로든 상대방에게 조금이라도 마음 상하는 일이 없도록 항상 배려해 주기 때문이다. 뿐만 아니라 벤은 학교에서도 아주 똑똑한 친구였다. 그리고 숙제를 할 때에도 힐러리를 많이 도와 주었다.

바로 그 월요일 날, 힐러리는 벤의 집으로 헐레벌떡

뛰어갔다. 벤이 자기 집 앞 계단에서 기다리고 있었기
때문이다.

"내가 무슨 말을 하려는지 아마 너는 절대 모를 거
야, 벤."
힐러리가 숨을 헐떡이며 말했다.
"벤, 신의 일부이기도 한 에너지로 구성된 영혼을
바로 네가 지니고 있다는 걸 아니?"

"모르겠는걸."
벤이 대답했다.
"힐러리, 그런데 느닷없이 그건 왜 묻지?"

"음, 그리고 우리가 알아야 할 모든 것을 바로 그 영
혼이 분명히 알고 있어. 혹시 그 사실을 넌 알고 있었
니?"
힐러리가 환한 표정을 지으며 또 물었다.

"그것에 대해서 아직 한 번도 생각해 본 적이 없는걸."

벤이 마침 들고 있던 막대기로 땅바닥을 쿡쿡 찍으며 말했다.

"그럼 우리가 자신의 영혼과 대화를 나눌 수 있다는 것에 대해선 알고 있니? 이를테면 무엇이 옳고 그른 것인지에 대한 답을 얻기 위한 대화라고나 할까."

그제서야 벤은 힐러리의 질문에 조금씩 관심을 보이는 눈치였다.

"그래? 그렇게 하려면 어떻게 해야 되지?"

"음, 그건 말이야……, 일단 여기 좀 앉아 봐. 그리고 조용히 생각해 봐. 입자와 파동에 대해서. 자, 그럼 이런 질문을 한번 해보는 거야. '지난 주에 우리가 무슨 생각을 하고 있었는지, 그리고 우리가 정말로 섹스를 시도한다면……? 그리고 나서 조용히 스스로 대답을 기다려 봐. 내가 지금 말한 대로 한번 해볼래?"

"한번 해볼게."
벤이 대답했다. 그리고는 한 마디 덧붙였다.
"하지만 내가 얻는 대답이 정말 내 영혼으로부터 온 건지 아니면 그렇지 않은 것인지는 어떻게 알지?"

"그건 말이야……,"
힐러리는 새로이 지혜를 터득해 낸 것에 흐뭇해하며 잠깐 심호흡을 했다.
"네가 얻은 대답이 너 자신이나 혹은 다른 사람에게 어떤 아픔이나 상처를 줄 수 있는 것이라면, 그것은 네가 얻은 대답이 너의 마음으로부터 나온 거야. 반대로, 네가 얻은 대답이 만일 다른 그 어떤 사람에게도 아픔이나 상처를 주지 않는다면 그것은 바로 네 영혼으로부터 나온 거야. 눈을 감아 봐. 그리고 그 에너지에 대해서 생각해 봐.”

힐러리와 벤은 나란히 계단에 앉아서 눈을 꼭 감고 자신의 영혼을 찾았다. 그러기를 몇 분 후, 힐러리가 눈을 뜨고 벤을 바라보았다.

“자, 이제 네 영혼이 너한테 뭐라고 말했는지를 한 번 얘기해 봐.”

“글쎄, 메시지는 확실한 것 같아. 관계를 가지려거 든 안전하게 하라고 했어. 그래야 네가 임신을 하지 않을 테니까.”

“그랬다면 그것은 네 영혼으로부터 들은 게 아니라, 마음으로부터 들은 거야.”

힐러리는 마치 자신이 스승이라도 된 듯, 무척이나 여유 있고 태연한 미소를 지으며 말했다.

"왜? 그렇다면 내가 너에게 어떤 상처라도 준다는
얘기니?"

벤이 인상을 찌푸리며 말했다.

"그럼, 우리 다시 한번 해보자."

그리고는 힐러리가 한 마디 덧붙였다.

"자, 눈을 감고, 그리고 다시 시도해 봐."

잠시 동안 두 사람은 눈을 감고 조용히 앉아 있었
다. 이번에도 힐러리가 먼저 눈을 떴다. 벤은 아직까
지도 깊은 명상에 잠겨 있었다. 마침내 벤이 눈을 뜨
고 힐러리를 쳐다보았다. 그의 얼굴엔 부드럽고 잔잔
한 미소가 가득했다. 그리고는 이렇게 말했다.

"힐러리, 이번에는 영혼으로부터 제대로 메시지를
받은 것 같아. 그 메시지 내용을 말해 줄게. '힐러리,
너는 아직 너무 어려서 그것이 너에게는 물론이고 우
리에게 어떤 해로움이나 아픔을 가져올 거야' 라는 거

야. 그러니까 우리가 관계를 갖는 것은 아직 이르다는
말이지!"

힐러리가 여유있는 모습으로 목에 힘주며 말했다.
"네 말이 맞아, 벤!"
그리고는 한 마디 덧붙였다.
"내가 널 사랑하는 이유가 바로 그거야. 너는 언제
나 네 영혼의 목소리에 귀를 기울이니까 말이야."

학교로 가는 동안, 힐러리는 리빗이 해준 이야기들
을 자세하게 들려 주었다. 벤은 전자와 광자를 잘 이
해했다. 학교에서 과학 공부를 가장 잘하는 학생다웠
다. 뿐만 아니라 벤은 생명이 존재하는 데 필요한 요
소들에 대해서도 이해가 빨랐다. 그러잖아도 벤은 이
우주가 신이 고안해 낸 위대한 결과물 중 하나라는 데
에 대해서도 깊은 공감을 해왔던 터였다. 그러나 '신
은 정말 어떤 모습일까'에 대해서는 늘 궁금하게 여겨

왔다. 어른들은 그 신에 대한 얘기를 나름대로들 하곤 한다. 그래서 벤은 신을 전지 전능하고 나쁜 사람들에 겐 벌을 내리는 위대한 아버지의 모습으로 머릿속에 그려왔다. 그러나 만일 그것이 사실이라면 그 신은 누 구일까? 그리고 우리는 어떻게 그 신과 교통할 수 있 을까? 신을 기쁘게 하는 것은 무엇이며, 또 어떤 것이 그렇지 않은 것인지를 우리는 어떻게 알 수 있을까? 그리고 우리가 언제 벌을 받고, 또 언제 복을 받는지 에 대해서는 어떻게 알 수 있을까? 또한 벌이나 복은 어떻게 내려지는 것일까?

인간은 그런 질문들에 대해 저마다 너무나도 다른 대답들을 하고 있으며, 또한 서로 너무나도 모순된 입 장들을 가지고 있다. 그렇기 때문에 단 한 번도 전체 적인 의견이 하나로 모아진 적이 없다. 세상은 폭력으 로 가득하며, 범죄 행위를 하고도 처벌받지 않은 경우 가 처벌받는 경우보다 훨씬 더 많다.

우리는 모든 일이 전부 인과 관계로 돌아가는 것을
보지 못할 수도 있다. 그러나 언젠가는 그렇게 되리라
고 생각한다면 마음이 편해질 것이다. 벤은 리빗이 말
한 그 신의 모습을 직접 보고 싶었다. 그것은 자기 자
신의 영혼을 신과 연결하는 데 큰 도움이 될 거라고 생
각했기 때문이다.

힐러리와 벤은 학교 운동장 한쪽에 모여 있는 친구
들 무리 속으로 들어갔다. 그들은 금요일 저녁 이반의
집에서 열리는 파티에 초대를 받았다. 이반의 부모님
께서 그날 저녁 밖에서 파티가 있어, 돌아오는 시간까
지는 친구들과 파티를 즐길 수 있게 되었다. 그야말로
그들은 '하고 싶은대로 마음껏' 자기네들만의 시간을
즐길 수가 있었다. 적어도 자정까지는.

"얘들아, 맥주 한 병에 2달러씩이야. 싸게 준 거니까
그리 알아."

이반이 말했다.

"돈을 내라고!"

힐러리와 벤은 어리둥절해 하며 서로 얼굴만 쳐다보았다. 이어 벤이 힐러리와 자신에 대한 입장을 밝혔다.

"우리 둘은 먹을 걸 가지고 갈게. 그리고 우린 술은 안 마셔."

그러자 그 자리에 모여 있던 다른 아이들이 모두 일제히 불신에 찬 표정으로 힐러리와 벤을 쳐다보았다.

"야, 지금 농담하냐!"

이반이 말했다. 이어 다른 아이들도 끼어들어 한 마디씩 거들었다.

"야, 너희들은 뭐야? 에이, 꼬마들! 겁쟁이들 아냐?"

"어이, 햇병아리 겁쟁이들!"

"삐악, 삐악, 삐악!"

이반이 두 팔로 홰를 치는 시늉을 하면서 비아냥거

렸다.

힐러리의 얼굴이 빨개졌다.

"햇병아리 겁쟁이라고? 그럼 너희들은 아무 생각 없이 행동하는 양들이냐?"

그러자 옆에 있던 벤이 "음매애~애~애!" 소리를 내며 힐러리의 말을 거들었다.

거침없는 힐러리의 말은 계속되었다.

"너희들 문제가 뭔지 아니? 너희들은 지금 자기 자신에 대해서 아무 생각이 없다는 거야, 알아? 대체 생각할 줄을 모른다니까. 아무래도 너희들에겐 무엇이 옳고 무엇이 그른지를 가르칠 스승이 있어야만 할 것 같아. 그래도 벤과 나는 우리가 원하는 것과 원하지 않는 것이 무엇인지에 대한 나름대로의 판단력은 가지고 있다고. 너희들은 대체 뭐니? 너희들 중엔 내가 알고 있는 개구리보다 큰 뇌를 가지고 있는 사람이 단

한 사람도 없는 것 같아!"

힐러리의 말이 계속되는 동안, 운동장에 모여 있던 아이들은 모두 정신이 반쯤 나간 아이들처럼 어안이 벙벙한 표정들이었다. 이번엔 벤이 한 마디 거들었다.

"우리도 파티에 가긴 가는데, 우리가 먹을 것은 우리가 알아서 준비해 갈게. 무슨 말인지 알겠지?"

힐러리가 속으로 통쾌해 했다.

"역시 개구리의 힘은 대단해!"

힐러리는 여유 있는 모습으로 흐뭇한 웃음을 지었다.

6

어리석은 양

드디어 금요일 저녁이 되었다. 힐러리와 벤은 누런 종이 가방에 여섯 캔들이 콜라 한 팩을 준비해서 파티가 열리는 장소로 출발하였다. 반짝반짝 빛나는 별들이 총총 뜬 멋진 저녁이었다. 둘은 청바지에 짧은 티셔츠를 입고 체인 벨트로 마무리하였다.

이반의 집에는 이미 여러 명의 친구들이 와 있었다. 그리고 벌써 스테레오에서는 최신 음악이 흘러나오고 있었다. 여자아이들은 나란히 서서 음악에 맞춰 춤 동작을 익히고 있었으며, 남자아이들은 주방 한쪽에 죽서서 이따금씩 엇갈리는 스텝을 밟는 여자 친구들을보면서 낄낄거리며 웃고 있었다.

힐러리와 벤은 친구들에게 인사를 한 다음, 얼음과캔맥주로 반쯤 차 있는 아이스박스에 가지고 온 콜라를 넣었다. 그리고는 잠시 서서 음악에 맞춰 춤을 추고 있는 친구들을 지켜보았다. 이어 둘은 천천히 모여있는 친구들 틈으로 들어갔다. 벤은 음악에 맞춰 스텝을 익히는 것이 힐러리보다는 빨랐다. 그러나 벤은 힐러리가 스텝을 어느 정도 익힐 때까지 기다렸다가, 웬만큼 익숙해지자 함께 리듬에 맞춰 몸을 움직이기 시작했다.

남자아이들은 힐러리와 친한 두 명의 여자 친구들과함께 맥주를 한 캔씩 나누어 마셨다. 그리고 나서 그들은 구호를 외치듯 일제히 함께 외쳤다.

"깜찍 소녀 벤! 소녀 벤! 깜찍 소녀 벤!"

모두들 벤을 소녀로 빗대어 한 목소리로 외쳤다.

그러자 벤은 어깨를 으쓱, 엉덩이를 실룩거리며 친구들 앞으로 나왔다. 때마침 테이프가 다 돌아 음악이 끊겼다. 그러나 벤은 전혀 아랑곳하지 않은 채 계속해서 춤을 추었다. 그러자 친구들이 더욱 흥겨워하며 소리쳤다.

여자아이들은 재미있어 깔깔대고 웃으며, 일제히 벤의 춤에 탄성을 질렀다. 그러자 다른 남자아이들의 얼굴이 붉으락푸르락 변하더니 이내 분위기가 살벌하게 변해갔다.

"어이, 벤! 이제 보니 계집애잖아!"

엘든이라는 키가 큰 녀석이 나서서 비아냥거렸다.

"야, 넌 거기서 계집애들하고나 놀아야겠는데. 그리

고 너 지금 혹시 레이스 달린 속옷 입고 있는 것 아니
냐? 술 마시기엔 너무 어린 햇병아리야, 안 그래? 야,
대체 누가 재수없게 저런 녀석을 초대한 거야?"

벤은 오히려 여유 있는 미소를 지으며, 힐러리에게
윙크를 했다.

"햇병아리는 바로 너야."

벤이 계속해서 말했다.

"너야말로 너무 어린 햇병아리라서 네 자신에 대해
서조차 아무런 생각이 없는 것 같은데. 네가 할 줄 아
는 게 뭐 있냐? 할 줄 아는 거라곤 남 흉내 내는 것밖
에 더 있냐? 지금까지 단 한 번이라도 네 자신에 대해
서 깊이 생각해 본 적은 있어? 아마 한 번도 없었을
걸. 그리고 난 개인적으로 맥주는 좋아하지 않아. 그
래서 내가 좋아하는 콜라를 가져온 거야. 내가 마시고
싶은 거 가지고 온 게 뭐 이상해? 그것 때문에 나더러
햇병아리니 뭐니 한 거야? 남이 뭘 좋아하고 싶어하는

지에 대해서 이러쿵저러쿵 빈정거리는 게 더 우습지
않니? 내 생각엔 너야말로 사람 탈을 쓴 어리석은 양
같아."

　여자아이들은 벤의 일장 연설을 듣고는 "와~아!" 하
는 탄성과 함께 깔깔거리며 웃었다. 하지만 남자아이
들은 왠지 못마땅해 보이는 표정이었다. 그때 한 여자
아이가 아이스박스 쪽으로 걸어가 콜라를 하나 집어
들었다.

　"야, 이거 하나 먹어도 되니? '음매~애!' 하는 양보
다는 차라리 '삐악삐악' 하는 병아리가 난 좋은걸!"

　그러자 여자아이들이 이번엔 더 큰 소리로 웃어 댔
다. 그리고는 덩달아 "음매~애!" 하는 소리를 내기 시
작했다.

　이번엔 한 남자아이가 맥주 하나를 집어들더니 한
모금 길게 들이마셨다. 그리고는 손등으로 입을 쓱 닦

으며 이렇게 말했다.

"야, 햇병아리들! 난 맥주를 좋아하니까 이걸 마시는 거야. 내가 좋아하는 걸 먹는 거니까 너희들과는 아무 상관이 없겠지?"

"물론이지."
이번엔 힐러리가 말했다.
"그럼 난 산토끼가 어때."

여자아이들이 또다시 큰 소리로 깔깔 웃어 대며 더 요란스럽게 "음매~애" 소리를 내기 시작했다. 그러면서 그들은 두 손으로 토끼 귀 모양을 흉내 내며 거실을 깡충거리며 뛰어다녔다.

"얘들아!"
엘든이 아이스박스의 한쪽 손잡이를 잡으며 말했다.
"아무래도 재미없는 이 아가씨들과는 더는 못 놀겠

다. 나가자. 수준이 안 맞아서 진짜 더는 못 놀겠어.
딴 데로 가자. 가서 우리끼리 확실하게 즐길 수 있는
파티를 만들어 보자."

엘든은 아이스박스에 있던 콜라를 꺼내 바닥에다 내
려놓았다.

조시가 아이스박스의 다른 한쪽 손잡이를 마주 잡아
들었다. 그러더니 둘은 문을 박차고 바깥으로 나갔다.
이어서 다른 두 여자아이도 함께 뒤따라 나갔다. 그러
나 나머지 남자아이들은 멍한 표정으로 거실 쪽으로
자리를 옮겼다. 갑자기 분위기가 썰렁해졌다.

"콜라 충분하지?"

이반이 주머니를 뒤적거려 동전을 꺼내며 물었다.
분명 그 파티는 처음 시작할 때 분위기의 파티가 아니
었다.

네 사람이 빠져나가고, 남은 나머지 친구들은 벽난

로 앞에 있는 힐러리와 벤 주위로 모여 앉았다. 모두
들 자신들에게 어떤 중요한 일이 벌어지고 있다는 것
을 감지했다. 오늘 밤 그들은 차라리 '병아리'로 불리
는 것이, '양'으로 불리는 것보다는 훨씬 더 낫다는 것
을 알게 되었기 때문이다.

"난 사람들이 날 좋아하고 따르게 하고 싶어. 그래
서 난 나 같은 생각을 가진 사람들이 보통 어떻게 하
는지를 보고 그대로 하지. 그런데 그게 뭐 어때서? 왜,
그러면 안 되는 거니? 남들이 날 좋아하길 바라는 게
뭐 잘못된 거니?"
　질은 아주 예쁘고 인기가 많은 아이였다. 그래서 많
은 아이들이 질을 무척이나 따르고 좋아했다.

"그건 말야……."
힐러리가 말했다.
"사람들은 종종 누군가에게 상처를 주는 행동을 하

지. 그런데 만일 네가 누군가에게 상처를 주게 된다면, 결국엔 네 영혼이 상처를 입게 돼. 그것은 네 영혼 자체가 신의 일부이기 때문이야. 네가 무엇이 옳고 무엇이 그른 행동인지를 네 영혼에게 묻지 않고, 너 같은 생각을 가진 다른 사람들이 하는 행동을 무작정 따라한다면 너의 영혼은 분명히 그 무언가에 의해 방해를 받게 되지."

힐러리의 말에 모두들 어안이 벙벙한 모습들이었다. 힐러리는 계속해서 자신의 생각을 말했다. 그리고 힐러리가 신에 대한 모습을 얘기하자, 모두들 꼼짝 않고 그녀의 말에 귀를 기울였다.

"힐, 신의 모습이 그렇게 생겼다는 걸 네가 어떻게 알지?"

질은 자신이 아닌 다른 사람이 관심의 대상이 되자 무척 불쾌했다. 또한 신의 모습에 대한 힐러리의 묘사

가 순전히 자기 주관적인 판단에서 나오는 것이라고
질은 생각했다.

힐러리는 자신이 알고 있는 정보를 실제로 어디서
어떻게 얻게 되었는가에 대한 답변이 아직 준비되어
있지 않았다. 그 모든 정보가 한 마리의 개구리로부터
나왔으며, 그를 통해서 그 모든 것을 알게 되었다고
하면 아무도 믿어 주지 않을 것은 물론이고 웃음거리
밖에 되지 않을 거라 생각했다.

사실 힐러리 자신도 가끔씩은 신의 모습에 대해 생
각할 때면, 자신이 꿈꾸고 있는 것이 아닌가 하는 생
각이 들곤 했었다. 그건 그렇다 치더라도, 어쨌든 그
정보를 어디서 얻었다고 할 것인가? 그러나 분명한 것
은 개구리가 들려 준 논리는 틀림없는 사실이라는 것
이다. 더구나 힐러리는 이때까지 그 어떤 누구가 신의
모습에 대해 얘기해 준 것보다도 개구리가 들려 준 것
이 더 이치적으로 옳다고 생각했다.

"내 꿈속에 신이 나타났다고 치자. 그럼 너희들 중
에 신의 모습이 어떨 거라는 설명을 나보다 더 잘할
수 있는 사람이 있으면 해봐!"

힐러리는 자못 진리를 터득하고 있는 사람처럼 자신
있게 말했다.

질이 인상을 찌푸렸다.

"내 생각엔 존 신부님께서 말씀하셨던 것보다 그럴
듯하게 들리진 않는 것 같아. 하지만 네 말에도 어느
정도 일리가 있는 것 같기는 해. 하지만 아직은 잘 모
르겠어. 확실하게 이해되는 건 아니니까. 앞으로 또
그와 관련된 꿈을 꾸게 된다면, 보다 이해하기 쉬운
그 어떤 것이 나오지 않을까? 그러길 바래."

집 앞에 멈춰 서는 자동차 소리가 들림과 동시에 토
론이 멈추었고, 파티도 거기서 끝이 났다.

⑦

결정, 결정

 힐러리와 그녀의 친구 케이트는 힐하우
스에서 편하게 담요를 깔고 앉아, 전날
저녁에 있었던 파티에 대한 얘기를 주고
받았다. 눈부시게 화창한 토요일이었다. 구석에 놓여
진 녹색 접시는 비어 있었다. 힐러리는 '결정'이란 무
엇인지에 대해 리빗이 설명해 주었던 것을 케이트가
쉽게 이해할 수 있도록 얘기해 주고 싶었다.

"힐, 어떻게 하면 결정을 보다 쉽게 잘 내릴 수 있을
까? 난 그걸 잘 모르겠어."

케이트가 힐러리에게 계속해서 물었다.

"너의 부모님께선 네가 스스로 알아서 결정을 내릴 수 있도록 허락하신 적이 있니? 아마 그런 적이 없었을걸! 그리고 뭔가를 하기 위해 너 나름대로 결정을 내린 후 부모님께 말씀드렸을 때, 네 결정이 잘 된 거라고 칭찬하신 적이 있니? 그 또한 아마 거의 없었을걸! 그리고 너의 부모님께서는 네 결정에 대해 동의하지 않으시는 나름대로의 이유를 너에게 말씀해 주신 적이 있니? 아마 없었을걸!"

케이트는 길게 한숨을 내쉬었다.

힐러리는 잠시 아무 말이 없었다. 케이트의 말은 다 옳았다. 무언가를 하길 원할 때, 부모님이 허락하지 않는 경우는 흔히 있는 일이다. 자신의 생각이나 결정이 그르지 않음에도 불구하고 부모님들이 믿어 주지 않는 것은 왜일까? 힐러리는 그것이 궁금했다.

힐러리는 담요 위를 기어가고 있는 개미 한 마리를 유심히 바라보았다. 순간 그녀는 더그와 함께 파티에 한번 갔으면 하고 전에 바랬던 것이 떠올랐다. 사실 힐러리는 더그와 함께 파티에 가는 것을 부모님께서 허락하지 않아 가지 못한 것이었다. 더그는 열여섯 살 이었고, 자기 자동차도 가지고 있었다. 그리고 힐러리 의 가슴을 두근거리게 할 만큼 무척이나 근사하게 생 겼다. 힐러리는 더그만 보면 거의 흥분하여 숨이 막힐 정도였다. 그러나 힐러리는 언제나 아무렇지도 않은 듯 태연하게 대답했다.

"음, 글쎄…… 다른 약속들이 좀 있어서…… 하지만 잠시라도 짬을 낼 수 있는지 한번 생각해 볼게. 그럼 내일까지 대답을 줄게."

부모님과 상의해서 허락을 받든 그렇지 않든 간에, '예스'라는 답보다는 일단 그렇게 말해 놓는 것이 더 낫다는 것을 힐러리는 알고 있었다. 힐러리의 '다른 약속들'이란 그리 대단한 것이 아니라, 고작 케이트와

함께 파티에 가는 것 정도였다. 그러나 어쨌든 더그로
서는 거기까지 굳이 물어 확인할 필요는 없었다.

힐러리는 엄마에게 더그는 정말 멋진 오빠이며, 자
기 친구들 모두가 그와 함께 어울리지 못해 안달이라
고 말씀드렸다. 힐러리는 무척이나 태연한 모습을 보
이려고 애를 쓰는 눈치였지만, 더그에 대한 말을 할
때면 어느 새 흥분된 나머지 얼굴이 발그레하게 상기
되었다. 그렇게 조금도 쉼 없이 더그에 대해 미주알고
주알 늘어놓기를 수분이 흘렀을까, 힐러리의 엄마가
말을 꺼냈다.

"얘야, 미안하구나. 더그는 내가 듣기에도 정말 좋
은 아이 같구나. 하지만 그 아이와 어울리기엔 네가
너무 어린 것 같다."

아니나 다를까, 힐러리는 이내 시무룩한 표정이었
다. 다시 사정사정을 했다. 그리고 조르고 또 졸랐다.

그리고 더그를 만나면 자기 컨트롤을 어떻게 해야 하는지에 대한 자신의 생각 또한 강조하여 말씀드렸다. 그리고 엄마가 원하지 않을 것 같다고 생각되어지는 상황에서는 그 어떤 것을 더그가 제안한다 하더라도 따르지 않겠다는 말씀도 드렸다. 그러나 그 어떤 말도 힐러리 엄마의 귀엔 들리지 않았다. 엄마의 결정엔 조금의 흔들림도 없었다.

힐러리와 케이트는 몇 시간 동안을 그렇게 '결정'이란 것에 대해 진지한 토론을 하였다. 두 사람은 힐러리의 엄마가 펼치는 논리에 대한 이해가 필요했다. 그러나 도무지 감이 잡히질 않았다.

힐러리의 엄마는 딸을 믿지 못했던 것일까? 분명 그것만은 아니었을 것이다. 그렇다면 힐러리의 엄마가 딸을 믿지 못하는 것은 정확하게 무엇일까? 해도 되는 행동과 해서는 안 될 행동을 힐러리가 구분하지 못할까 염려했던 것일까? 해서는 안 된다는 것을 알면서 딸이 그것을 무시하고 어떤 행동을 할 수 있을지도 모른다고 생각한 것일까? 더그가 힐러리의 의지를 무시하고 힘으로 눌러 어떤 나쁜 행동을 할지도 모른다고 생각한 것일까? 그러나 무엇보다도 중요한 것은 왜 힐러리의 엄마가 딸이 스스로 내린 결정을 신뢰할 수 없었냐는 것이다. 그처럼 그 어떤 결정도 자신의 뜻이 받아들여지지 않는다면, 어떻게 하는 것이 좋은 결정을 내리는 방법일까?

힐러리와 케이트는 마침내 그 질문 앞에서 토론을 멈추었다. 둘은 그 상황에서 그 어떤 답에도 이를 수가 없었다. 뿐만 아니라 그 시점에서는 힐러리 엄마의 논리를 이해하기 위한 실마리에 다다를 수가 없었다.

"케이트,"
힐러리가 마침내 입을 열었다.
"왜 내가 더그와 함께 밖에서 만날 수 없나 하는 것

에 대해 우리가 나눈 얘기를 한번 떠올려 볼래?"

케이트가 고개를 끄덕였다.

"이제, 우리 엄마가 왜 나한테 그것을 허락하지 않으셨는지 조금은 알 것 같다는 생각이 들어."

"그러니?"

케이트가 상체를 바로 세우며 말했다.

"힐, 그러면 왜 그런 것인지 설명을 해줘. 사실 난 아직도 이해를 못하겠어."

"자, 그러면 이렇게 생각해 봐. 우리들은 인생을 살아가면서 각 과정마다 깨우쳐야 할 가르침이 있어. 뿐만 아니라 각 나이에 따라 그때 그때에 필요한 경험이 있을 거야. 더그는 그 나름대로 우리와는 또 다른 인생 단계에 서 있지. 그리고 나는 아직까진 그와 함께 경험을 나눌 때가 되지 않았다는 생각이 들어."

"너의 엄마는 왜 그런 걸 진작에 너에게 설명해 주

시지 않은 걸까?"

"글쎄, 내 생각에 우리 엄만 아직 그 부분에 대해서
는 잘 모르시는 것 같아. 그러나 내가 내 또래의 아이
들과 함께 어울려야 한다는 것에 대해서만큼은 분명
히 알고 계시는 것 같아. 하지만 우리 엄마가 왜 그렇
게 생각하고 계신지에 대해서는 나도 사실 잘 모르겠
어."

케이트가 야릇한 표정으로 힐을 쳐다보며 말했다.
"너의 엄마가 이해 못하는 걸 너는 이해하고 있다고
지금 말하는 거니?"

힐러리는 어떻게 대답을 해야 할지 잠시 망설였다.
힐러리는 케이트에게 자신의 비밀에 대해서 과감히
털어놓을 수 있을까? 힐러리가 벤에게 어떤 말을 했을
때, 벤은 두 사람 사이에 오고 간 얘기에 대해선 다른

사람에게 새어 나가지 않도록 입조심을 한다는 것을 힐은 알고 있었다. 그렇기 때문에 벤은 언제나 힐러리에겐 든든한 친구였다. 또한 그렇기 때문에 벤은 아직까지 한 번도 힐러리를 실망시키는 일이 없었다. 그러나 케이트가 벤처럼 그렇게 어떤 비밀에 대해서도 든든한 믿음을 줄 수 있는 친구인지는 아직 확신이 서지 않았다. 그래서 힐러리와 케이트는 친한 친구로서 서로 많은 비밀을 공유하고 있었음에도 불구하고, 벤의 경우와는 또 다르게 생각되었다. 그래서인지 힐러리는 케이트 앞에서 어떤 중요한 결정을 내린다거나 혹은 비밀을 말하기가 쉽지 않았다. 그렇다고 해서 힐러리 자신만이 모든 것을 다 이해하고 있다고 말하는 것도 옳은 처사는 아닌 것 같다는 생각이 들었다.

"그 문제에 대해선 내가 도움을 줄 수 있을 것 같은데."

한쪽 구석에 있는 녹색 접시 쪽에서 소리가 들렸다.

케이트는 벌어진 입을 다물지 못한 채, 눈을 휘둥그렇게 뜨고 똑바로 앉아 있었다. 케이트가 듣기에도 분명 그것은 힐러리의 목소리가 아니었다. 케이트가 본 것이라곤 접시 위에 앉아 있는 개구리밖에 없었다. 그렇다고 해서 그 소리가 거기서 났다고는 믿을 수가 없었다. 케이트는 두 눈을 비빈 다음, 다시 두 눈을 똑바로 뜨고 쳐다보았다.

힐러리가 빙그레 웃었다.

"케이트, 리빗이라고 해. 맞아, 그 목소리는 바로 이 개구리에게서 난 소리야. 신의 모습이 어떻다고 말한 것도, 그리고 결정은 어떻게 내리는 것인가에 대해서 내가 말한 것도 사실은 여기 있는 리빗에게서 듣고 배운 거야."

"결정이 어떻게 내려지는지 그 과정에 대해서, 그리고 부모님들은 왜 자신들이 내린 결정에 대한 배경을

언제나 설명해주지 않는지에 대해서는 내가 얘기해
줄 수 있을 것 같아."

　리빗이 마침내 긴 연설을 시작했다.

　"너희들도 알겠지만, 정말 훌륭한 결정은 일관되고
지속적인 인생 철학에서 나오는 거야. 수십 년 동안
인생을 살아가면서 시종 일관 변치 않는 인생 철학 말
이야. 그리고 또 하나하나의 결정은 다른 수많은 결정
사항들과 조화를 이루면서, 그리고 인생 철학의 한 부
분으로 조화를 이루는 가운데 나타나게 되는 거야. 그
래서 각각의 결정 사항들 간에는 서로 충돌이 없다고
할 수 있지.

　열세 살이라고 해봤자, 인생 철학을 펼치기에는 너
무나도 그 경험이 부족해. 그래서 어떤 중요한 결정을
하는 데는 그 기반이 너무 약하다는 거지. 그렇기 때
문에 그 나이에 내리게 되는 결정엔, 그 고민과 사색
의 범위가 극히 한정되어 있다고 봐야 해. 결국 너희

들 나이 또래들이 내린 결정은 그다지 만족할만한 결과를 가져오기가 어렵다는 거야. 그렇기 때문에 경험이 풍부한 부모님들에 의한 결정이 그만큼 중요하다는 것이지."

케이트는 여간 놀라지 않을 수 없었다. 개구리로부터 청산 유수처럼 막힘이 없는 철학 강의를 듣게 되니 어찌 놀라지 않을 수 있을까! 개구리와 대화를 나누다니! 아마 힐러리가 개구리로부터 철학 강의를 들었다고 자기에게 미리 얘기를 했더라도 케이트는 믿지 못했을 것이다.

"하지만 부모님들 역시 서로 내린 결정이 달라 종종 충돌하게 되는 경우도 있잖아."

케이트가 마침내 이견을 제시했다. 그리고는 한 마디 덧붙였다.

"그럼 부모님들이 내리시는 결정은 어떤 인생 철학

에서 온다고 생각해?"

리빗이 머리를 한쪽으로 갸웃했다.

"음……,"

이어 리빗이 말을 이어갔다.

"그건 네 말이 맞아. 부모님들도 종종 서로 다른 결정을 내려 충돌하기도 하는데, 그것은 모든 결정의 근본이 되는, 그 어떤 변함이 없는 인생 철학을 갖지 못할 경우에 오지. 하지만 그분들의 인생 경험에서 나오는 결정은 그래도 젊고 어린 사람들에게서 나오는 결정보다는 그 위험성이 훨씬 덜하지. 어른들은 이미 오래 전에 너희 또래의 경험을 하시면서 여러 가르침을 얻으셨지. 바로 그런 다양한 경험이 있으시기 때문에, 너희들의 결정이나 행동에서 나올 수 있는 결과보다는 더 바람직한 결과가 나올 수 있다는 거야.

하지만 분명한 것은 그렇다고 해서 그분들의 결정이 늘 언제나 표준 정답이라는 얘기는 아니야. 그분들의 결정 역시 서로 간에, 혹은 자신 스스로의 행동과도 서로 맞지 않는 경우도 있어. 그리고 그분들의 모든 결정이 언제나 안전하다는 것도 아니야. 하지만 너희들이 스스로 인생 철학을 전개해 나갈 수 있을 정도의 충분한 인생 경험을 하기 전까지는, 되도록 그분들의 결정을 따라야 한다는 것이 내가 하고 싶은 말이야."

"그럼 그게 언제쯤이라고 생각해?"

케이트가 재빨리 구체적인 질문으로 들어갔다. 그 질문은 많은 경험을 하지 못한 사람에겐 무척이나 중요하면서도 궁금한 질문이었을 것이다.

"물론 그거야 사람마다 다르지. 그러나 자신의 문제에 대해 스스로 결정을 내릴 수 있는 시기의 시작은 열여덟 살 정도가 아닐까 싶어."

리빗이 작게 낄낄거리며 말했다.

"솔직히 말해서, 인생에 대한 멋진 결정은 나이가

서른 살 정도는 돼야 나올 수 있다는 게 내 생각이야. 하지만 대부분은 열여덟 살 정도가 되면 자신에 대한 결정을 스스로 내리기 시작하지."

"그렇다면 아직도 5년이나 남았는데……, 그럼 그 동안 난 뭘 할 수 있는 거지? 지금부터 열여덟 살이 될 때까진 줄곧 어른 말씀만 들어야 한단 말이야? 어른들이 내린 결정이 옳지 않다는 걸 분명히 알고 있는 상황에서도 어른 말씀을 따라야만 한단 말이야?"

케이트는 자기가 정말 듣기 싫어하는 말을 듣자, 얼굴을 잔뜩 찌푸리며 말했다.

"그렇게만 생각하지 마. 그 기간 동안에도 할 일이 많아."

리빗이 계속해서 말을 이어갔다.

"너 나름대로 깊이 생각해서 결정을 내린 게 있으면, 너의 부모님과 진지하게 논의할 필요가 있지. 그리고 네가 내린 결정이 어떤 생각에서 내려진 것인지, 타당한 이유가 있으면 그것에 대해 부모님께 당당히 말씀드릴 필요가 있어.

그런데 '이렇게 하고 싶어, 저렇게 하고 싶어.' 내지는 '다른 애들도 다 그렇게 해.'라는 식의 말을 부모님께 드리는 것은 그다지 권하고 싶진 않아. 그러니까 자신의 뜻을 관철시키기 위해 목소리 높여 자기 주장만을 강요하는 것은 바람직하지 않다는 거야. 그리고 내가 지금 하고 있는 얘기를 너희 친구들에게도 두루두루 전해 주면 좋겠어. 긍정적인 사고를 기르고 행복하고 즐거운 인생 경험을 쌓는 데 도움이 될 테니까 말이야."

"하지만 그걸 어떻게 알지? 어떤 것이 긍정적인 사고고, 또 어떤 것이 즐겁고 행복한 인생 경험인지를 어떻게 알 수 있느냐고?"

케이트는 조그마한 청개구리의 말에 귀 기울이며 눈

을 동그랗게 떴다.

"아, 그건……"

리빗이 또 강의를 시작했다.

"정말 아주 간단해. 내가 지금 말하는 대로만 잘 따라서 해봐. 그러면 분명, 긍정적인 사고와 행복한 인생 경험을 쌓을 수 있을 거야.

우선 네 자신에 대한 모든 것을 잘 터득해 둬. 그리고 세상의 다른 모든 사람들에 대해서도 잘 알아둬. 그런 다음, 너는 물론 다른 사람들과 각각 서로 다른 차이점을 이해하려고 노력해 봐. 그리고 다른 사람들의 생각이나 행동이 옳다고 여겨지면 그것을 받아들여.

두 번째, 네가 하는 모든 것에 '할 수 있다'는 자신감을 가지고 최선을 다하는 거야.

세 번째, 네 자신은 물론 다른 사람들에게 역시 언제나 정직하고 공평해야 해.

네 번째, 언제나 즐거움을 잃지 않는 거야. 그러나 그렇다고 해서 다른 사람에게 해를 끼치면서까지 즐거움을 누려서는 절대 안 돼.

다섯 번째, 사람은 항상 겸손해야 해. 긍정적인 사고와 행복한 인생이라는 공간에 오만이라는 것이 존재해선 안 돼.

여섯 번째, 매일매일 행복하기 위해 나름대로 무언가를 찾으려는 노력을 해봐.

일곱 번째, 가능하면 너희 주위 공간을 아름답게 꾸며 보는 거야.

여덟 번째, 너희가 만일 어떤 실수를 했다 하더라도 의기 소침해져서는 안 돼. 이 세상에 완벽한 사람은 없기 때문에 실수는 누구나 할 수 있어. 다만 각자 나름대로 자신을 개선시키려는 노력을 해봐.

너희들이 지금 내가 들려 준 이 여덟 가지 가르침을 잘 듣고 따른다면, 어떤 결정을 내리는 데 가장 적절한 틀이 될만한 인생 경험을 쌓게 될 거라고 생각해."

리빗은 이렇게 두 사람에게 긴 가르침을 주고는 홀연히 모습을 감추었다.

힐러리와 케이트는 잠시 입을 꾹 다문 채 아무 말 없이 침묵을 지켰다. 마침내 힐러리가 먼저 말문을 열었다.

"자, 그럼 이제 우린 뭘 하지?"

"난 지금 뭐가 뭔지 아무 것도 모르겠어."

케이트가 다소 얼이 빠진 듯한 표정으로 말을 이었다.

"개구리로부터 인생 철학 강의를 듣기는 처음이야. 하지만 지금 우리가 가장 먼저 해야 할 일은 아마도 저 구석에 있는 공책에다 지금의 상황을 기록해야 하는 것 아닐까? 지금 우리가 그렇게 해놓지 않는다면, 지금의 상황을 앞으로는 결코 기억하지 못할 것 같아."

힐러리와 케이트는 공책에다 열심히 써내려갔다. 리빗이 일러 준 여덟 가지 교훈을 잊어버리지 않고 기억해 둘 수 있도록 하기 위함이었다.

그런 다음, 힐러리와 케이트는 한 시간 동안에 걸쳐 리빗에게 들은 가르침을 자기 친구들에게 어떻게 얘기하는 것이 좋을지에 대해서 의견을 나누었다. 물론 그러한 사실을 믿는 사람은 얼마 되지 않겠지만, 그래도 단 몇 명이라도 있다면 그런대로 하나의 새로운 동아리를 만들 수 있는 멤버가 갖추어질 수 있게 될 것이다.

그리고 리빗에 관한 얘기를 믿으려 하지 않는 친구들은 그들의 노력에 대해 놀리고, 또한 그들의 활동을 두고 조롱하게 될 것이다. 하지만 그 동아리에 소속된 사람들이 점차적으로 행복해지고 긍정적인 사고와 태도를 갖게 된다면, 동아리의 멤버도 차츰차츰 늘어나게 될 것이다. 그렇게 되면 아마도 그 동아리의 구성

원들은 다른 지역에 있는 학교로도 확산될 수 있을 것
이다. 그야말로 엉뚱한 생각일지는 모르나, 친절과 아
름다움이 전 세계로 뻗어나가 난폭하고 추함을 대신
하게 된다면 얼마나 좋을까!

"너도 알겠지만, 우리가 전하려는 교훈이나 가르침
들이 누구에게서 나온 것인지를 알게 되면 아마 사람
들은 우리를 놀릴 거야. 그리고 손가락질하고, 또 어
떤 사람은 우릴 보고 이상하다고 말할지도 몰라. 그렇
다면 아무래도 그 가르침들은 내가 꿈속에서 듣게 된
거라고 하는 건 어떨까?"
 힐러리가 반응을 기다리며 케이트를 바라보았다.

 케이트는 잔뜩 찡그린 얼굴을 하고 있다가, 이내 미
소를 지었다.
 "그래, 그게 더 낫겠어."
 케이트가 한 마디 했다. 그리고는 다시 낮은 목소리

로 말했다.

"하지만 그렇다고 해서 우리 동아리를 처음부터 거짓말로 시작하는 동아리로 만들 수는 없지 않겠니. 차라리 사실대로 말해야 할 것 같아. 바로 여기 이 힐하우스의 비밀은 반드시 밝혀져야 해. 어떤 결과가 나오든지 말이야."

"물론이지."

힐러리가 계속해서 말을 이어갔다.

"진실을 말하지 않는 것은, 우리의 기본 생각인 믿음이나 신뢰를 깨뜨리게 되는 거나 마찬가지지. 그런 일이 결코 있어서는 안 된다고 생각해."

케이트가 공책에다 뭔가를 적기 시작했다.

"이제부터는 우리 동아리를 '리빗 공동체'라고 부르는 거야. 그리고 우리 동아리의 회칙도 마련해야겠어. 또 우리 동아리의 슬로건으로 '개구리와 함께 우리의 작은 것을 나눕시다' 는 어떨까!"

두 친구는 무릎을 맞대고 앉아서 깔깔거리며 웃었
다. 이제부터는 뭔가 재미있는 일이 벌어질 것 같았다.

리빗 공동체

 그 후, 힐러리와 케이트는 친구들에게 '리빗 공동체'라는 동아리 결성을 위한 홍보를 하였다. 어느덧 성에 대한 얘기, 술에 대한 얘기, 그리고 마약에 대한 얘기는 흔하고 평범한 주제가 되어 버렸다. 그리고 이제 그들 간에는 서로 나누는 잡담의 주제 또한 바뀌어 있었다. 누구는 어떤 철학적 지식을 얻었고, 또 누구는 어떻게 해서 정신적으로나 육체적으로 건강한 생활을 하고 있고, 또 누구는 두뇌의 힘을 증진시키는 데에는 어떤 음식이 좋고, 또 어떤 친구는 자기 스스로 영적 교감을 얻었다는 등, 그야말로 잡담의 내용과 주제가 확연히 바뀌게 되었다. 그뿐만이 아니었다. 각자의 관심 분야에 있어서 최고가 되기 위해서는 또 어떻게 해야 하는지에 대해서 역시 서로 도움이 될 만한 말을 열심히 주고받았다. '최고의 영광'을 누리기 위한 각자의 경쟁은 이제 모든 사람에게 더욱 더 새롭고 높은 경지로 오를 수 있도록 인도하고 있었다.

엘돈과 조시를 포함하여 지난 금요일 파티에 모였던 아이들은 드디어 최초로 '리빗 공동체'라는 동아리를 만들었다. 동아리의 심벌은 개구리였다. 그리고 그들이 내건 슬로건은 '겁쟁이 바보가 되지 말자!'였다. 그런데 사실 케이트와 힐러리는 '개구리와 함께 당신의 작은 것을 나눕시다'로 하고 싶었다. 그러나 다른 사람들은 그것이 자기들 딴에는 덜 중요한 개념으로 여겨졌던 모양이었다. 그리고 동아리 '리빗 공동체'의 규칙을 정해 서로 돕기로 약속했다. 그 규칙은 이러했다.

첫째, 자기 자신에게는 물론이고 다른 사람 누구에게도 해가 되는 행동을 하지 말자.

둘째, 자신의 생각과 행동을 분명히 하고 늘 배우는 자세로 임하자.

셋째, 가능한 한 늘 자신의 건강을 지키자.

넷째, 남들이 한다고 해서 무조건 따라하는 행동은 하지 말자.

다섯째, 의심이 들면 올바른 방향으로 가기 위해 늘 자신의 영혼에게 묻자.

리빗이 남긴 지침은 '리빗 공동체' 역사의 일부가 되었다. 뿐만 아니라 동아리의 정식 회원이 되기 위해서는 이 다섯 가지 지침을 동의해야 하는 것은 물론 그것을 실천해야만 했다.

'리빗 공동체'는 하루가 다르게 성장해 갔다. 학교 운동부 아이들까지도 이 동아리의 정식 회원으로 가입하였다. '리빗 공동체'의 지침이 자기들이 훈련 받

을 때 지켜야 하는 규칙을 보다 더 잘 지킬 수 있도록
많은 도움을 주고 있기 때문이었다. 심지어는 잘사는
집 아이나 못사는 집 아이들도 모두 가입했다. 그야말
로 '리빗 공동체'의 회원이면 그 어느 누구도 절대 놀
리거나 조롱할 수 없었다.

아주 일부 소수의 학생들만이 그 동아리에 가입하지
않고 그대로 남아, 함께 어울려 다니면서 리빗의 멤버
들을 놀려 댔다. 그러나 리빗 회원들 중엔 그 어느 누
구도 그들의 그런 행동에 관심조차 기울이는 사람이
없었다.

그 사이 학교 출석률도 올랐다. 그러다 보니 학생들
의 전체 평균 성적 또한 오르는 것은 당연한 이치였
다. 그리고 학교 바로 앞에 있는 아이스크림 가게의
주인인 에이브럼스 씨는 그런 학생들의 변화에 적잖
은 감동을 받기에 이르렀다. 그는 직접 돈을 들여 티

셔츠를 주문하기까지 했다. 바로 '리빗 공동체' 회원 학생들에게 주려는 것이었다. 티셔츠는 흰 색깔이었으며, 셔츠 중앙에는 동아리의 심벌인 청개구리를 인쇄해 넣었고, 등에는 커다란 녹색 글씨로 '리빗 공동체'라고 새겨 넣었다.

그러나 그 마을에 사는 모든 사람들이 전부 똑같이 좋은 인상을 가진 것만은 아니었다. 러셀 목사는 '리빗 공동체'에서 묘사한 하나님의 모습에 대한 얘기를 듣고는 적잖이 놀랐다.

"그것은 완전한 신성 모독입니다."라고 신도들에게 말하면서 심각한 어조로 이렇게 계속해서 말을 이었다.

"하나님의 모습이 그렇다고 말하는 모든 사람들은 분명 신성 모독을 하고 있는 것입니다. 특히 하나님의 모습이 작은 입자들과 파장처럼 생겼다고 말하는 사람들은 더더욱 하나님을 모독하고 있는 것입니다. 성경에 이르기를, 우리의 아버지 하나님께서는 천국에

계신다고 하셨습니다. 그러니 하나님의 모습이 작은 입자들과 파장처럼 생겼다고 하는 것은 있을 수 없는 일입니다. 또한 성경에서 이르기를, 하나님께서는 죄 지은 자를 벌하신다고 하셨습니다. 그런데 세상에 어떻게 한 무리의 입자와 파장이 죄 지은 우리를 벌 줄 수 있단 말입니까? 나는 이 자리에서 지금 여러분께 말씀드립니다. '리빗 공동체'라는 이름을 가진 동아리는 성경 말씀과 대치하며, 나아가 하나님과도 대치되는 단체입니다. 따라서 그 동아리에 소속된 아이들의 부모님들께서는 이제 더 이상은 거기에 참여하지 않도록 각별한 주의를 당부드리는 바입니다!"

그러나 러셀 목사의 반대 입장은 마침내 적잖은 반향을 일으키기 시작했다. 아이들의 부모들은 부모들대로 당혹스러웠고, 아이들 또한 그들 나름대로 러셀 목사의 말을 그대로 받아들이기가 쉽지 않았다. 마침내 학부모들은 자신의 입장을 무조건 아이들에게 전

달하는 대신 그들과 논의를 하기 시작했다. 그런데 흥미로운 것은 시간이 흐를수록 이들의 입장은 서로 간에 차이를 보이는 것이 아니라, 서로 합의점에 다다르고 있다는 사실이었다. 뿐만 아니라 분위기가 그렇게 흘러가면서 러셀 목사는 오히려 모든 리빗 회원으로부터 존경과 예우를 받게 되었다는 사실이다. 자신의 믿음과 일치하지 않는 사람을 포함한 모든 사람들에게 믿음으로 대해야 한다는 '리빗 공동체'의 규칙이 회원들에 의해 실천되어지고 있는 것이었다.

그러자 이제는 학부모들이 아이들의 행동을 따라하기 시작했다. 상황이 그렇게 진전되어 가자, 힐러리와 벤의 부모는 '일반인 리빗 공동체'를 결성하였다. 이에 힘입어 주니어들을 중심으로 구성된 오리지널 '리빗 공동체'는 더욱 번창하기에 이르렀다.

그리하여 '리빗 공동체'는 행복과 웰빙, 그리고 위대

한 성취감을 가져다 준다는 강한 인상과 더불어 전국
적으로 번져 나가기 시작했다. 힐하우스의 비밀이 마
침내 행복한 미래에 이르는 파도가 되어 넘실거렸다.

그럼 리빗은 정작 어떻게 되었을까? 아무도 모른다.
힐러리조차도 모르고 있다. 그 후로 리빗과 대화를 나
눈 사람은 그 누구도 없었다. 이따금씩 리빗을 보았다
는 사람은 있었으나, 그 어느 누구도 성공적으로 그와
대화를 나눈 사람은 없었다.